Erotische Frauenfantasien

By

Marcella Montreux

Kontakt: Marcella@marcella-montreux.de

Webseite: marcella-montreux.de

Printed in Germany

by Amazon Distriubtion GmbH, Leipzig

Cover: © shaiith - Fotolia.com

In Fahrt gekommen

Es war nicht anders zu erwarten. Wenn ich schon einmal mit der Bahn fahren muss, dann kann ich fast sicher damit rechnen, dass mein Zug entweder Verspätung hat oder sogar ganz ausfällt.

Heute habe ich glücklicherweise den Luxus viel Zeit und keinen Termindruck zu haben.

Die letzten Tage waren ziemlich anstrengend und ich werde es einfach genießen mit der Bahn durch die Landschaft zu fahren und in Ruhe ein Buch zu lesen.

Als der Zug endlich in den Bahnhof einfährt, freue ich mich richtig auf einige entspannte Stunden.

Ich habe Glück.

Der Zug ist fast leer und ich finde ein Abteil ganz für mich alleine. Ganz gemütlich verstaue ich mein Gepäck und richte mich häuslich ein.

Der Zug hat sich längst in Gang gesetzt und offensichtlich ist kaum jemand zugestiegen.

Ob ich die Gardinen zum Gang schließen soll?

Warum eigentlich nicht?

Klar, dann kann ich es mir noch etwas bequemer machen. Die hohen Schuhe ausziehen und mich etwas ausstrecken.

Kurz nach dem nächsten Stopp öffnet sich die Tür und im ersten Moment bin ich etwas enttäuscht, dass ich mein Abteil nun teilen muss, aber es ist zum Glück nur der Schaffner!

Wir plaudern ein wenig und plötzlich entdecke ich ihn!

Meine Überraschung steht mir offensichtlich ins Gesicht geschrieben, denn der Schaffner folgt verwundert meinem Blick und dreht sich zum Gang.

Ein Mann wie aus dem Bilderbuch!

Ich kann meinen Blick nicht von ihm lassen!

Groß, schlank aber nicht dünn, etwas längere, gewellte dunkle Haare – sehr weiche Gesichtszüge, beherrscht durch eine römische Nase, die dem Gesicht Ausdruckskraft verleiht.

Die strahlend blauen Augen erwidern meinen Blick und automatisch tritt der Schaffner ein Stück zur Seite und fordert ihn damit geradezu heraus in mein Abteil zu kommen!

Der Fremde nimmt die unausgesprochene Einladung an.

Die Spannung ist deutlich spürbar.

Der Schaffner kontrolliert etwas irritiert noch schnell die Fahrkarten und lässt uns beide alleine.

Mein neuer Abteilgenosse nickt mir lächelnd zu, dreht sich um und schließt die Gardinen zum Gang, bevor er sein Gepäck verstaut und mir genau gegenüber Platz nimmt.

Mein Mund ist trocken und ich würde gerne etwas sagen, um die Spannung zu lockern, aber mir fällt absolut nichts ein, was dieser Situation angemessen wäre.

Also greife ich wieder nach meinem Buch, während meine Gedanken sich überschlagen.

Wo wird er hinfahren? Wie lange werden wir uns dieses Abteil teilen? Schaut er mich an?

Ich traue mich gar nicht den Blick von meinem Buch zu nehmen und ihm ins Gesicht zu schauen.

Das ist mir noch nie passiert und vermutlich würde auch niemand vermuten, dass ich schüchtern wie ein Backfisch mit einem Fremden im Zug sitze und mein Körper vor Aufregung glüht.

Das bin ich nicht, das entspricht überhaupt nicht meinem Naturell.

Ich spiele gerne mit meinen weiblichen Reizen und für gewöhnliche genieße ich die Reaktionen, die ich dadurch hervorrufe. Ein Spiel, das ich beherrsche und mit Freude spiele.

Bis zum Äußersten gehe ich nie, weil ich gar kein Interesse an der wirklichen Eroberung habe. Heiß machen und abtauchen - das macht mir Spaß.

Aber hier und jetzt ist alles anders.

Ich fühle mich schon fast unsicher ohne meine High Heels, die verlassen auf dem Boden stehen, auf engstem Raum mit einem schweigenden Fremden, ohne meine „Bühne", auf der ich mit der Hüfte schwingend die Blicke auf mich ziehen kann.

Fast krampfhaft halte ich mich an meinem Buch fest – ohne auch nur eine Zeile zu lesen.

Meine Körpertemperatur steigt merklich an, mein Herz klopft wie verrückt, die Haut kribbelt, das Blut rauscht in den Ohren und selbst mein Blick verschleiert sich – ein untrügliches Zeichen für mein aufsteigendes Verlangen.

Meine Gedanken überschlagen sich. Ich kann das gar nicht einordnen. Vor mir sitzt ein völlig fremder Mann, den ich nur einen kurzen Moment angesehen habe und schon spielt mein Körper völlig verrückt? Das habe ich noch nicht erlebt.

Der Puls rast, ich habe fast das Gefühl keine Luft mehr zu bekommen.

Ich muss hier raus und zwar so schnell wie möglich. Sofort! Keine Ahnung wohin – nur weg!

Ich lege mein Buch zur Seite, angele mir meine Pumps und schlüpfe hinein.

Ich muss mich mit dem Rücken zu dem Fremden drehen, um mein Gepäck aus der Ablage über mir zu holen und als ich gerade meine schwere Tasche zur Hälfte aus der Ablage gezogen habe, ruckelt der Zug.

Die Tasche kippt mir entgegen, ich verliere das Gleichgewicht, kann die Tasche nicht halten und kippe mitsamt der Tasche nach hinten direkt in die Arme des Fremden, der mich auffängt, fast als hätte er die Situation vorhergesehen.

Während er mich noch hält, versuche ich aufzustehen und wieder ruckelt es und jetzt lande ich direkt auf seinem Schoß.

Vermutlich bilde ich es mir ein, aber ich meine durch meinen engen Rock bei ihm eine leichte Erregung spüren zu können und sofort nehme ich die Feuchtigkeit wahr, die meinen String durchdringt.

Eine Hitzewelle durchflutet meinen Körper. Ich merke wie mir die Röte ins Gesicht schießt und fühle mich hilflos meinen körperlichen Reaktionen ausgeliefert.

Ich will aufstehen - ich muss aufstehen, aber er hält mich fest.

Nicht so fest, dass ich mich nicht lösen könnte, aber doch so fest, dass ich am aufstehen gehindert werde.

Ich spüre seinen warmen Atem in meinem Nacken als er mir leise zuflüstert:

„Der Zug hält erst wieder in Berlin. Bis dahin haben wir noch jede Menge Zeit und es wäre doch schade, wenn Sie sich ausgerechnet jetzt ein neues Abteil suchen würden."

In Sekundenbruchteilen überschlagen sich meine Gedanken.

Ich kann doch nicht allen Ernstes daran denken, mich mit einem Fremden, dessen Namen ich nicht einmal kenne, einzulassen.

Vor allem nicht hier und jetzt in einem fahrenden Zug, in dem jederzeit damit zu rechnen ist, dass jemand unser Abteil betritt. Niemals!

Er nutzt mein kurzes Zögern, sein Griff um meine Taille wird fester, seine Hände streifen lauernd um meine Hüfte.

Mir stockt der Atem. Wie eine Lawine prasseln die Gedanken auf mich ein.

Einmal im Leben unvernünftig sein – einfach nur das tun, wozu ich jetzt und in diesem Moment Lust habe.

Wie oft habe ich mir das gewünscht?

Wie oft hat der Verstand gesiegt?

Und wie oft habe ich mich darüber geärgert, dass ich nicht über meinen Schatten gesprungen bin?

Ja! Ich bin heiß! Jetzt! Und ich will es!

Nur ein einziges Mal im Leben ein verruchtes Luder, eine zügellose Schlampe sein.

„Schalte den Verstand aus, denke nicht nach“ hämmert es in meinem Kopf – „lass Dich einmal gehen und genieße es in vollen Zügen! Mach es! Ja! Tu es!“

Ich merke wie mein Körper weicher wird und der Impuls aufstehen zu wollen, langsam schwindet.

Angekommen im hier und jetzt und fast schon bereit mich auf ein aufregendes Abenteuer einzulassen, nehme ich plötzlich das summende Geräusch wahr, das aus meiner am Boden liegenden Tasche zu kommen scheint.

Ich spüre seine Hände an meinem Körper und wie ferngesteuert kreisen meine Hüften bereits sachte auf seinem Schoß, meine Pobacken spüren jetzt tatsächlich seine wachsende Männlichkeit.

Aber dieses surrende Geräusch in meiner Tasche macht mich verrückt.

Es lenkt mich ab, lässt nicht zu, dass ich mich völlig fallen lassen kann. Was kann das nur sein?

Ich bin hin- und her gerissen – spüre seine Hände überall, will abtauchen in ein Vakuum der Lust, aber dieses Geräusch ist wie eine Fessel, die mich erdet und das völlige loslassen verhindert.

Ich beuge mich nach vorne, strecke dabei meinen Po etwas in die Höhe, um an meine Tasche zu kommen – ohne dabei die Haftung zu ihm zu verlieren.

Seine Hände wandern zu meinem Rocksaum und schieben ihn ein Stück nach oben. Ich nehme wahr, dass der Rand meiner halterlosen schwarzen Strümpfe bereits sichtbar ist.

Dieser Anblick hat etwas Anrüchiges und macht mich total an – jetzt gibt es kein Zurück mehr!

Ich hebe meinen Po ein Stück an, damit er den Rock ganz nach oben schieben kann – allerdings habe ich auch meine Tasche noch immer im Blick.

Hört er denn dieses Surren nicht?

Ich muss an meine Tasche – muss herausfinden, was da summt.

Er zieht mich ein Stück nach hinten, meine Pobacken liegen längst blank, seine Hose ist sicher längst durchtränkt von meiner Nässe. Seine Hände liegen sanft auf meinen Schenkeln – nähern sich kaum wahrnehmbar dem Zentrum meiner Lust. Mein Körper gibt immer mehr nach und unterwirft sich den behutsam nach oben schleichenden Berührungen.

Ich spreize die Beine etwas auseinander und öffne ihm damit den Weg zum Ziel.

Als er den Rand meines Slips erreicht und sich mit seinen Fingern sachte hindurchschlängelt, habe ich das Gefühl mein Herz würde aussetzen.

Frisch rasiert empfinde ich jede Berührung noch intensiver und der Druck, der auf meinem Unterleib lastet, wird immer größer.

Endlich spüre ich wie er mit einem Finger in mich eindringt, mit einem anderen massiert er meinen kleinen Hügel, der sich ihm bereits angeschwollen darbietet.

Mein Puls rast, mein Blut kocht, weit in der Ferne höre ich mein eigenes lustvolles Seufzen.

Am Rande nehme ich die vorbeifliegende Landschaft wahr.

Es ist so surreal, fast als würde sich die Geschwindigkeit, mit der ich mich dem Himmel immer näher fühle, der Geschwindigkeit des Zuges anpassen.

Seine Finger bewegen sich jetzt schneller, fordernder und ich bin in der Zwischenzeit so heiß, dass es fast schon weh tut.

Der Höhepunkt scheint greifbar nahe zu sein.

Das Surren ist erst einmal vergessen.

Ich laufe fast aus und auch wenn er in der Zwischenzeit weitere Finger zur Hilfe genommen hat, sie flutschen dahin und ich giere nach mehr, er soll mich völlig ausfüllen.

Von vorne greife ich durch meine Beine und mache mich an seinem Reißverschluss zu schaffen. Er hebt meine Hüften ein Stück an und hilft mir dabei seine Hose zu öffnen und sein Prachtstück freizulegen.

Einmal befreit schnellt sein Speer wie eine Lanze aus seiner Hose und ich spüre die harte Rute direkt zwischen meinen Beinen.

Ich führe ihn an meinem Slip vorbei direkt zwischen meine feuchten Schamlippen und ohne dass er in mich eindringt reiben wir uns gegenseitig, immer schneller, immer ekstatischer, immer heftiger. Immer wieder stößt er mit seiner Eichel an meinen Kitzler und treibt mich an den Rand des Wahnsinns.

Mir bricht der Schweiß aus, ich höre seinen keuchenden Atem und will nur noch eines: ihn endlich aufnehmen und in mir spüren.

Wieder beuge ich mich ein Stück nach vorne um ihn hineinzulassen, aber er ist noch nicht bereit.

Sein Phallus ragt direkt zwischen meinen Beinen empor und ich genieße den Anblick der sich mir bietet, während ich mich auf ihm auf und ab bewege.

Fordernd schiebt er meinen BH nach oben und beginnt meine aufgerichteten Nippel zwischen seinen Fingern zu kneten. Ein Stromschlag nach dem anderen scheint durch meinen Körper zu jagen.

Mein ganzer Körper schreit nach Erlösung, aber er will es hinauszögern und macht jeden Versuch von mir, ihn endlich aufzunehmen, zunichte.

Er zieht meinen Oberkörper näher an sich heran und ich spüre wie seine warme Zunge meinen Hals liebkost und er vorsichtig mit den Zähnen an mir knabbert.

Seinen eingeklemmten, feuchten Penis zwischen meinen Beinen werde ich immer rasender vor Lust. Schon sind meine Schenkel nass von unseren sich längst vereinenden Sekreten.

Ich will mich umdrehen und mich endlich auf ihn setzen, aber er hält mich zurück.

Im Gang entsteht plötzlich ein Tumult. Durch einen kleinen Spalt in der Gardine sehen wir Menschen, die an unserem Abteil vorbeieilen – offensichtlich eine größere Gruppe, die den Speisewagen sucht.

Schlagartig komme ich in der Wirklichkeit an und mir wird bewusst, was wir eigentlich treiben und blitzartig nehme ich auch wieder das Surren wahr.

Es ist als hätte der Zug eine Vollbremsung gemacht, aber die Landschaft fliegt unverändert schnell an uns vorbei.

Ich nutze den kurzen Moment der Unterbrechung und bücke mich blitzschnell nach meiner Tasche.

Ein kurzer Blick genügt und schon habe ich den Übeltäter entlarvt.

Was soll ich sagen?

Ich bin viel unterwegs und gehöre nicht zu den Singlefrauen, die sich mit einer schnellen Nummer Befriedigung verschaffen.

Da vertraue ich lieber meinem guten Freund Bruno, einem Vibrator, der mir ans Herz gewachsen ist und der mich auf allen Reisen begleitet.

Vermutlich hat Bruno sich durch den Sturz der Tasche von selbst eingeschaltet und die ganze Zeit um Aufmerksamkeit heischend vor sich hingebrummt.

An Bruno habe ich in den letzten Stunden – oder waren es Minuten? – gar nicht gedacht, aber jetzt kommt er mir wie gerufen.

Schon die Aussicht darauf meinem Körper endlich Erleichterung zu verschaffen, lässt mich die Menschen auf dem Gang und die kurze Pause schnell vergessen.

Eigentlich steigert es den Kick noch etwas – zu wissen, dass sich die Tür zu unserem Abteil jederzeit öffnen könnte.

Ich lehne mich wieder zurück, stelle die Füße auf die gegenüberliegende Bank, spreize meine Beine und lege Bruno an.

Das nun wiederum scheint den Fremden aus der Reserve zu locken.

Was er begonnen hat, soll kein anderer beenden, auch wenn der Konkurrent nicht aus Fleisch und Blut ist.

Und endlich – mit den Händen umfasst er meine Pobacken, beugt meinen Rücken ein Stück nach vorne, hebt mich ein Stück an und dringt mit seiner harten Lanze in mich ein.

Im ersten Moment bleibt mit die Luft weg.

Er füllt mich vollkommen aus und mir kommt es vor, als würde ein Riese mich durchbohren. Ganz langsam fängt er an sich zu bewegen und meine Feuchtigkeit umschließt ihn und lässt ihn flutschen.

Wir bewegen uns immer schneller, ich möchte mir am liebsten meine Bluse vom Leib reißen, weil ich die Hitze nicht mehr ertragen kann.

Es ist als hätte es nie eine Unterbrechung gegeben.

Während er mich immer härter stößt, sein Atmen immer schwerer wird, taste ich nach Bruno.

Ich kann es kaum erwarten meinen anspannten Körper zu entladen und der doppelte Reiz wird mir schnelle Erleichterung verschaffen.

Bruno und ich sind ein eingespieltes Team, aber heute bin ich so gereizt, dass Bruno leichtes Spiel hat. Kaum massiert er meine Perle, spüre ich innerhalb von Sekunden die Wellen, die meinen Körper durchfluten, gebe mich völlig hin und entlade mich mit einem Feuerwerk – fast gleichzeitig entrinnt meinem Fremden der Schrei der Erlösung.

Völlig erschöpft lehne ich mich einen kurzen Moment zurück.

Was war das denn? Ich kann kaum glauben, was ich gerade erlebt habe.

Noch sitze ich auf seinem Schoß, aber wie geht es nun weiter?

Bisher habe ich kein Wort gesagt und der erste Blickkontakt hat nur Sekunden gedauert.

Wie beendet man diese Situation? Jetzt ein Gespräch zu beginnen, erscheint mir unpassend.

Wie gerufen ertönt eine Durchsage: „ Meine Damen und Herren, wir erreichen in Kürze den Bahnhof Berlin-Spandau. Wir hoffen Sie hatten eine angenehme Fahrt und freuen uns darauf, Sie bald wieder bei uns begrüßen zu dürfen.“

Ich stehe langsam auf, ordne meinen Rock und meine Bluse und drehe mich lächelnd zu ihm um.

Mit einer leichten Verbeugung schaut er mich grinsend an: „Madame, es war mir ein Vergnügen!“. Ich grinse zurück: „Dito“ und lasse mich zurück auf meinen eigenen Sitz fallen.

Und während er seine Sachen zusammenpackt, lehne ich mich entspannt zurück, schließe die Augen und schwelge in der Erinnerung an das gerade Erlebte.

Leise schleicht er sich aus dem Abteil und überlässt mich meinen Träumen.

Ich weiß nicht einmal seinen Namen, aber was soll’s? Namen vergisst man mit der Zeit – doch an unsere gemeinsame Zugfahrt werde ich ewig denken.

Mein geliebter Liebhaber

Es ist nicht so, dass ich Christian nicht liebe, aber mir fehlt dieser spontane, animalische Sex, den frisch verliebte Paare miteinander ausleben.

Stundenlang im Bett herumtoben und nichts anderes im Kopf als nur Sex in allen möglichen Varianten – ja, das hat mir gefehlt.

Andreas habe ich vor zwei Jahren kennen gelernt. Christian und ich haben damals ein Haus auf Mallorca gekauft und Andreas war der Makler.

Christian hatte wie immer wenig Zeit und so habe ich mit Andreas die Insel erkundet und mir die verschiedenen Objekte angesehen.

Als wir unser Traumhaus gefunden hatten, waren noch so viele Dinge zu erledigen und Andreas stand mir in dieser Zeit mir Rat und Tat zur Seite.

Wenn wir in Deutschland waren, kümmerte er sich um die Handwerker und überwachte die Umbauarbeiten am Haus.

Er ist der typische Mallorca – Makler.

Ein leicht gebräunter, gut aussehender, gepflegter Charmeur. Auf den ersten Blick fast langweilig, weil austauschbar.

Ecken und Kanten sind nicht zu erkennen – selbst sein Gesicht ist so ebenmäßig wie das einer Marmorstatue.

Ich könnte nicht behaupten, dass er mich auf den ersten Blick angezogen hätte.

Dann kam der Tag, der alles veränderte.

Eigentlich wollte ich an diesem Tag abreisen und hatte mich bereits am Vortag von Andreas verabschiedet.

Dann aber hat Christian mir am Abend vor meiner geplanten Rückreise gesagt, dass er geschäftlich für zwei Tage nach Zürich muss, weil sich kurzfristig ein Termin mit einem wichtigen Geschäftspartner ergeben hatte.

Der Wetterbericht für Deutschland sah trübe aus und so beschloss ich spontan, diese beiden Tage einfach noch in der Sonne zu genießen und auf Mallorca zu bleiben.

Selbst auf Mallorca hatte ich in den letzten Wochen immer etwas zu erledigen und nun wollte ich mich einfach von den warmen Sonnenstrahlen verwöhnen lassen und mich endlich einmal wie ein Urlauber fühlen.

Also habe ich mir ein Buch geschnappt und bin zu meiner kleinen Lieblingsbucht gefahren, an die sich kaum Touristen verirren. So war ich den ganzen Tag fast alleine und habe meinen Körper ordentlich in der Sonne aufgeheizt.

Ob es an der Sonne und der Ruhe lag, oder einfach wieder fällig war - ich weiß es nicht.

Noch am Strand habe ich gespürt, dass dieser Tag mein „sexy Tag“ wird.

„Sexy Tage“ nenne ich die Tage, an denen ich meine Verkleidung anlege.

An diesen Tagen lebe ich mein Sexleben ungehemmt aus – mit mir alleine.

Schon vor Jahren habe ich es aufgegeben, Christian in meine „ sexy Tage“ einzubeziehen.

Es ist nicht so, dass er keinen Wert darauf legen würde, dass ich hübsch anzusehen bin, aber für ihn macht es offensichtlich keinen Unterschied, ob ich halterlose Strümpfe oder eine Strumpfhose trage.

Hautenge Kleider, kurze Miniröcke, ein tiefes Dekollete? Vielleicht sogar Overkneestiefel aus Lack? Ohne Slip das Haus verlassen?

Das würde ihm bei seiner Ehefrau nicht gefallen.

Er denkt in klaren gesellschaftlichen Schubladen und für ihn gehört es sich nicht, wenn die eigene Frau sich wie eine Hure kleidet.

Also habe ich mir angewöhnt meine „sexy Tage“ alleine zu zelebrieren und glücklicherweise habe ich oft genug Gelegenheit dazu.

Ein sexy Tag beginnt immer mit einem ausgiebigen Schaumbad.

Während mein Körper von sahneweichem Schaum und duftenden Zusätzen umhüllt wird, schließe ich die Augen und träume mich in meine sexy Welt.

Meine Hände liebkosen zart meine Brüste, wandern dann langsam weiter nach unten.

Ich spreize die Beine etwas und verwöhne mich mit den Fingern, dabei stelle ich mir vor, wie es wäre, wenn mich jemand dabei beobachten würde.

Obwohl ich Champagner nicht gerne trinke, steht auf dem Rand immer eine eisgekühlte Flasche.

Nichts fühlt sich so schön an wie prickelnder Champagner, wenn man ihn langsam über die erhitzten Brüste fließen lässt.

Dieses einleitende Bad ist immer nur das kleine Vorspiel zur Einstimmung.

Der eigentliche Akt beginnt später, wenn ich meine Verkleidung angelegt habe.

Diese Verkleidung kann sehr vielfältig sein.

Es gibt Tage da stehe ich auf Lack und Leder, manchmal schlüpfe ich in mein Lolita-Kostüm, aber auch Uniformen und Hausmädchenkostüme finden sich in meinem Fundus.

Heute habe ich mich für ein sehr kurzes, brustfreies Korsettkleid entschieden.

Obwohl ich gerade meinen 30. Geburtstag gefeiert habe, sind meine Brüste noch so fest wie die einer jungen Frau.

Meine Taille war schon immer sehr schmal und das geschnürte schwarze Korsettkleid lässt sie noch schmaler erscheinen.

Innen sind Strapshalter eingearbeitet und während ich meine hauchzarten Nylons anklipse, merke ich, wie mein Körper langsam zu kribbeln beginnt.

Einen kleinen Farbtupfer bilden meine roten High Heels.

Den Sessel, den ich für mein Spiel mit mir benötige, habe ich vorher schon in Position gebracht.

Er steht jetzt direkt vor dem Spiegel, so dass ich mich in meiner zunehmenden Geilheit beobachten kann.

Meine Beine lege ich über die Stuhlbeine, so dass ich einen direkten Blick auf meine blank rasierte Muschi habe.

Mit einer weichen Feder streiche ich langsam über meine Brüste, meinen Hals, gehe wieder ein Stück weiter nach unten und genieße dabei das leise Kribbeln, das langsam meinen Körper erobert.

Ich liebe dieses Gefühl, wenn der Federpuschel zart über meine empfindliche Mitte streift und während sich einige vorwitzige Federhärchen verirren, spüre ich bereits ein leichtes ziehen in meinen Nippeln.

In der nächsten Phase reibe ich mein Lustzentrum und die nackte Haut zwischen meinen Schenkeln genussvoll mit glänzendem Öl ein.

Schon die Berührung meiner Hände lässt mich erschaudern.

Jetzt bin ich ordentlich aufgeheizt und bereit für meine Freunde Bruno & Johnny, zwei ausgewachsene Vibratoren.

Beginnend an der Innenseite meiner Oberschenkel fahre ich mit ihnen ganz langsam nach oben.

Mit geschlossenen Augen liege ich zurückgelehnt in meinem Sessel, genieße die leichte Massage meiner gespreizten Schenkel und nähere mich langsam meinem Lustzentrum.

Ich reguliere die Vibration etwas nach unten, als Bruno sich magisch angezogen meiner glänzenden Perle nähert.

Mit leichtem Druck und kreisenden Bewegungen verwöhne ich mich ausgiebig und als ich Bruno endlich versenken will und die Augen öffne, um den Anblick im Spiegel zu genießen, erstarre ich!

Im Spiegel sehe ich Andreas!

Wie eine Salzsäule steht er im Türrahmen, stumm und regungslos.

Ich sitze noch immer mit weit gespreizten Beinen vor dem Spiegel, als er sich löst und unendlich langsam auf mich zukommt.

Mein Herz droht zu zerspringen, ich bin unfähig mich zu regen.

Noch immer sehe ich ihn nur durch den Spiegel.

Ohne ein Wort zu sagen, umrundet er meinen Sessel, schaut mir fragend in die Augen und geht dabei zögernd in die Knie.

Schon merke ich, wie meine ausgebremste Feuchtigkeit zurückkommt.

Im Spiegel sehe ich seinen Rücken, zwischen den Beinen spüre ich seinen warmen Atem und im Moment will ich nur eines: Seine Zunge tief in mir spüren.

Sekunden später spüre ich seine Hände unter meinem Po und seine gierige, feuchte Zunge an meinem Kitzler.

Mir bleibt fast die Luft weg, als er meine feuchte Quelle in einen rasenden Fluss verwandelt.

Mit den Händen massiere ich meine Brüste, während mein Becken unkontrollierbar zuckt und bebt.

Ich spüre den Rausch, der meinen Körper zum glühen bringt und mich in der Welt der Lust gefangen hält.

Ich habe das Gefühl es keine Sekunde mehr auszuhalten, als er von mir ablässt, mich auf dem Stuhl hebt und zum Sofa führt.

Es bleibt keine Zeit uns die Klamotten von Leib zu reißen. Nur kurz sehe ich sein mächtiges Glied, als er mit heruntergelassener Hose hart in mich eindringt und wir in den Raum zwischen Himmel und Hölle katapultiert werden.

Ich bin nur noch Fleisch und habe das Gefühl über die Klippen zu stürzen, als die Wellen der Lust mit voller Macht durch meinen Körper fluten.

Mein ganzer Körper vibriert noch lange danach und meine Klitoris pocht, als würde sie zerspringen wollen, aber langsam tauchen wir wieder auf in die reale Welt.

Wir müssen nicht über Christian reden. Andreas weiß, dass ich Christian wirklich von Herzen liebe, und ihn niemals verlassen würde und ich glaube auch, dass Andreas das gar nicht wollen würde.

Andreas ist klar, dass Christian mir sexuell nicht das bieten kann, was ich mir wünsche, aber er würde nicht der Mann an meiner Seite sein wollen.

Und so haben wir seit diesem Tag einen unausgesprochenen Deal:

Wir leben unsere sexuellen Fantasien hemmungslos aus und es ist jedes Mal aufregend und immer wieder anders, wie am letzten Wochenende.

Der Anblick des Hotels raubt mir fast den Atem. Wie ein kleines Märchenschloss taucht es wie aus dem Nichts auf - schneeweiß und atemberaubend schön in dieser Landschaft.

Andreas schafft es immer wieder mich zu überraschen.

Der Außenpool ist menschenleer.

Mit einem Ruck setzt Andreas mich auf den Beckenrand und drückt meinen Oberkörper nach hinten. Er zieht mir meinen Bikinislip aus und trotzdem ich mir bewusst bin, dass jederzeit andere Gäste kommen könnten, bin ich völlig entspannt und lege meine Hände weit zur Seite. Er hebt meine Schenkel rechts und links über seine Schultern, ich spüre seinen warmen Atem an meinem Schoß.

Langsam presst er meine Schenkel weiter auseinander, schiebt seine Hände unter meinen Po, drückt mein Becken etwas nach oben und zieht mit einem festen Ruck meine feuchte Pussy ganz fest auf seinen Mund.

Er küsst und leckt mich so leidenschaftlich, dass ich fast verrückt werde vor Geilheit. Wieder und wieder schiebt er seine Zunge so tief in mich hinein, saugt, leckt und knutscht mich und als er auch noch mit einem Finger in mich eindringt raubt es mir fast den Verstand.

Immer heftiger wird mein Verlangen, mein Körper ist völlig außer Kontrolle und je ekstatischer meine Bewegungen werden, desto mehr presst er sich in mich hinein.

Das warme Wasser umspült meinen Körper und macht mich wilder und wilder. Ich habe das Gefühl, dass der ganze Pool erzittert als die Wellen der Erlösung sich über mir brechen.

Mein Körper zittert noch minutenlang, während Andreas ganz entspannt die Arme auf meine Schenkel legt und mich grinsend beobachtet.

Wenig später liegen wir unter unseren Bademänteln völlig nackt ausgestreckt auf den schneeweißen Sonnenliegen.

Ich betrachte Andreas wie er so friedlich vor sich hinträumt.

Ich mag ihn, auch wenn er nicht der Mann meines Lebens ist.

Er ist sensibel, aber kein Sensibelchen. Nachdenklich, aber nicht introvertiert. Emotional, sehr zärtlich, aber auch extrem leidenschaftlich und fantasievoll. Äußerlich ein vollkommener Gentleman, innerlich ein brodelnder Vulkan, der nicht genug bekommen kann.

Es reizt mich ihn zu berühren und ich spüre, wie die Lust wieder in mir aufsteigt.

Leise erhebe ich mich von meiner Liege und schleiche mich an das Kopfende seiner Liege.

Aus seiner Tasche habe ich mir das Massageöl geangelt, das ich nun in meinen Handflächen warm reibe.

Ich beuge mich über ihn und öffne den locker gebundenen Gürtel seines Bademantels.

Natürlich ist er sofort hellwach, aber ich habe bereits mit den Knien seine Hände an seinen Körper gedrückt und massiere sanft seinen Körper. Der Gürtel meines Bademantels öffnet sich, so dass er nun meinen nackten Po direkt vor Augen hat. Seine Arme sind von meinen Knien fixiert und mit dem Mund kann er mich nicht erreichen.

Es macht mich heiß zu sehen, wie sein Schwanz reagiert und ich verteile mein Öl genussvoll mit der Zunge, während meine Hände die Innenseiten seiner Schenkel massieren.

Ich bewege meinen Körper auf und ab, darauf achtend, dass mein Po mit jeder Bewegung steil in die Höhe ragt.

Ich weiß, dass dieser Anblick ihn wahnsinnig macht und ich genieße es zu spüren, wie sein Prachtkerl immer härter und praller wird.

Mit einem Ruck befreit er seine Hände aus der Umklammerung meiner Knie und umfasst meinen Po.

Sanft, aber fordernd unterstützt er mit seinen Händen meine Bewegungen. Ein Finger gleitet in meine Lustgrotte und er spürt, wie heiß ich schon wieder auf ihn bin.

Er schiebt mich ein Stück nach vorne und drückt mich noch immer mit dem Rücken zu ihm auf seinen Schwanz. Seine Hände umklammern meine Hüfte, aber er lässt mich den Takt angeben. Langsam reite ich ihn rückwärts, immer darauf bedacht, dass er mir nicht entflutscht, aber jetzt will ich sein Gesicht sehen und drehe mich um.

Ich lege meine Hände seitlich nach hinten, drücke meinen Rücken durch, hebe mein Becken etwas an und präsentiere ihm dadurch meine heiße Pussy, die ihn immer wilder, immer heftiger reitet. Seine Finger massieren dabei meine angeschwollene Perle.

Es macht mich an und er liebt es, wenn sich mein Inneres immer wieder zusammenzieht und dabei seinen Schwanz umschließt. Sein Atem geht stoßweise, sein leises Stöhnen wird lauter und lauter, sein Körper zuckt und ich spüre wie er sich in mir ergießt. Er zieht mich an sich und küsst mich mit einer solchen Hingabe, die alles ausdrückt, was zwischen uns niemals in Worten ausgesprochen werden wird.

Erschöpft liegen wir uns später beide im Hotelzimmer in den Armen und freuen uns auf das gemeinsame Wochenende, das so wundervoll begonnen hat.

Ich liebe diese seltenen Wochenenden mit Andreas, weil einfach alles stimmt. Wir sprechen die gleiche Sprache, können miteinander reden und lachen und haben gigantischen Sex, obwohl wir uns immer bewusst sind, dass unsere gemeinsame Zeit nur kurz und vermutlich gerade deshalb so intensiv ist.

Als ich später aus der Dusche komme lehnt Andreas mit dem Gesicht zum Zimmer an der Balkonbrüstung und hat keinen Blick für die wundervolle Terrasse, die unter ihm liegt. Es ist ein sternenklarer Abend, die Tische sind liebevoll gedeckt und die Fackeln im Garten zaubern ein wunderbares Licht in den Himmel.

Wir hören die sanfte Musik, das leise Lachen der Menschen und doch gilt sein Blick nur mir.

Ich weiß, dass er mich beobachtet, aber ich lasse ihn in dem Glauben es nicht zu bemerken. Ich stehe mit dem Rücken zu ihm, stütze mein Bein leicht auf dem Bett ab, um meine Strümpfe mit sanft streichelnden Bewegungen nach oben zu rollen, beuge mich dabei noch etwas weiter vor und streiche dabei wie zufällig über meine blanke, frisch eingeölte Mitte, verlagere mein Gewicht auf das andere Bein und wiederhole den Vorgang.

Da mein Kleid ein tiefes Dekolleté haben wird, habe ich eine schwarze Büstenhebe ausgewählt, die die Brüste praller werden lässt ohne sie zu bedecken. Er kann es nicht sehen, weil ich noch immer mit dem Rücken zu ihm stehe.

Ich habe mich für High Heels mit Riemchen entschieden- also muss ich mich wieder nach vorne beugen, um die Riemchen zu schließen. Es ist bequemer für mich die Beine dabei leicht zu spreizen und die zarten Riemchen zu schließen. Ich lasse mir unendlich viel Zeit dabei, denn ich ahne wie sehr ihn der Anblick meiner prallen Pobacken erregt!
Nun drehe ich mich um, um mein Kleid anzuziehen. Es ist um den Po hauteng und ich finde, dass ein Slip nicht mehr zwischen das Kleid und meinen Körper passt, also verzichte darauf.

Ich blicke ihm direkt in die Augen und langsam gehe ich auf ihn zu.

Er sieht in seinem Anzug einfach unwiderstehlich aus und ich kann meinen Blick nicht von ihm lassen.

Ich presse meinen Körper an ihn und drücke ihn dabei an die Balkonbrüstung. Ich kann die Menschen unten sehen und ich schließe die Augen und wir küssen uns voller Leidenschaft. Seine Hand umfasst meinen Po und zieht mich ganz eng an sich heran.

Ich spüre seinen harten Schwanz durch den dünnen Stoff meines Kleides und während unsere Zungen wild und leidenschaftlich miteinander spielen wandert meine Hand langsam nach unten. Stück für Stück ziehe ich den Reißverschluss seiner Hose auf, ohne unseren leidenschaftlichen Kuss dabei zu unterbrechen.

Meine Lippen lecken fordernd über seine Lippen und meine Hand wandert dabei in seinen Slip, um seinem prallen Schwanz endlich mehr Freiheit zu verschaffen.

Langsam, ganz langsam gehe ich in die Hocke ohne dabei den Blick von ihm zu lassen. Meine Hände sind bereits dort angekommen, wo mein Mund sich hinsehnt.

Ich schaue ihm tief in die Augen, während meine Lippen sich ihren Weg suchen.

Er kann es nicht erwarten und schiebt - ohne sich dabei von dem Geländer zu lösen - seine Hüfte ein Stück nach vorne, damit ich ihn endlich in meinen warmen, feuchten Mund aufnehme.

Aber noch will ich einfach nur an ihm lecken wie an einem Eis, will mit meiner Zunge jede Einzelheit erforschen, will an seinen Hoden lecken, und seine Eichel mit meiner Zunge umrunden.

Der Druck seiner Hüfte wird immer fordernder, seine Bewegungen immer rhythmischer und ich genieße es dabei zu ihm aufzusehen und ihn in seiner Geilheit zu betrachten.

Ich spitze den Mund, lecke über meine Lippen und schaue ihn an, wie er es kaum noch abwarten kann.

Er schaut mir in die Augen und mit einer Hand greift er seinen Penis während er mit der anderen Hand meinen Kopf umfasst und mir sein mächtiges Glied tief in den Mund drückt!

Jetzt umfassen beide Hände meinen Kopf und unterstützen die fordernden Bewegungen seiner Hüften.

Ganz tief gleitet er in meinen Mund und ich genieße es, das Beben seines Körpers zu spüren!

Ich spüre wie die Hitze in mir aufsteigt und ich immer feuchter, richtig nass werde!

Kurz bevor er explodiert, zieht er mich mit einer fließenden Bewegung zu sich nach oben und blitzschnell hat er mich mit der einen Hand an das Geländer gedrückt und mit der anderen Hand mein Kleid nach oben geschoben und ist mit zwei Fingern in mich eingedrungen. Er steht hinter mir- ich sehe die Menschen auf der Terrasse und während er meine Beine ein wenig spreizt, beuge ich mich noch ein Stück nach vorne über die Brüstung. Schade, dass ich diesen Anblick selber nicht sehen kann... , leicht gespreizte Beine in schwarzen Nylons und sexy High

Heels, ein hochgeschobenes Kleid, das einen Blick auf die prallen Pobacken freigibt.

Zu gerne würde ich ein Bild davon haben, aber leider ist die Kamera nicht in Griffweite und er kann es einfach nicht erwarten mich von hinten zu nehmen!

An seinen schnellen, tiefen Stößen merke ich, dass er gleich in mir explodieren wird und während er mich immer härter nimmt, verschwimmen die Menschen vor meinen Augen. Ich höre nur noch die Musik, spüre nichts mehr, nur noch die gierige Lust, die unsere Körper durchströmt und erzittern lässt.

Ich habe wie immer das Gefühl, dass er mir die Seele aus dem Leib vögeln will, damit ich ihn niemals vergesse.

Vermutlich wird ihm das sogar gelingen.

Er wird nicht der Mann sein, der mich mein Leben lang begleitet, aber ich werde mein Leben lang an ihn denken.

Er tut mir und meiner Ehe gut, die auf Dauer leiden würde, wenn ich sexuell ständig unbefriedigt sein würde.

So lebe ich meine Fantasien mit Andreas aus und Christian bekommt dafür eine glückliche und ausgeglichene Frau, die von ihm sexuell nichts erwartet, was er nicht leisten könnte.

Ich will nur seinen Körper

Vielleicht stimmt es, was ein guter Freund über mich sagt: „Sie ist der schlimmste Macho, den man sich vorstellen kann“.

Andererseits – nur weil eine Frau sich nimmt was sie will, ist sie noch lange kein Macho.

Männer lösen in mir spätestens dann Panikattacken und damit verbunden Fluchtreflexe aus, wenn sie anfangen ihr Revier zu markieren.

Steht eines Morgens plötzlich sein Rasierapparat oder seine Zahnbürste in meinem Badezimmer ist das Ende eigentlich schon besiegelt.

Die meisten jedoch lernen mein Badezimmer nicht einmal kennen.

Ich bin dafür, dass man die Werbephase am Beginn einer Beziehung abkürzt.

Wenn es im Bett nicht klappt, ist sowieso alles verloren.

Ich muss nicht unzählige SMS austauschen, schmachtende Telefonate führen und mir den Bauch bei den klassischen Schnupperdates vollschlagen:

Ich will erst einmal nur seinen Körper - sonst nichts!

Wenn ich mir ein neues Auto kaufe, muss ich es auch fahren und nicht stundenlang die Bedienungsanleitung lesen.

Entweder es passt oder es passt nicht.

Ich will von 0 auf 100 und das in weniger als 4 Sekunden.

Wer kennt das nicht?

Nach dem obligatorischen Austausch von kleinen Lügen und großen Verbiegungen, die alle nur darauf abzielen dem anderen zu gefallen und sich ihm möglichst nah anzunähern - landet man irgendwann endlich im Bett.

Und dann folgt oft schon die Ernüchterung.

Eine unförmige, ausgewaschene Boxershorts ist da noch das kleinste Übel.

Über einen drahtigen und eng gekräuselten Haarwuchs, der sich hinter der Boxershorts versteckt, wollen wir erst gar nicht reden.

Vermutlich ist die Anatomie einer Frau etwas unkomplizierter als die Bedienungsanleitung für einen Fernseher, allerdings wissen die wenigsten Männer, dass die Unterschiede in der Bedienung gewaltig sind. „Schatz, da gibt es keinen Knopf!"

Und wie zum Himmel kommt ein Mann auf die Idee, dass es einer Frau gefällt, wenn er ihr mit möglichst viel Spucke schmatzend das Ohr ausschlabbert?

Bei ihrem Hund lässt sie das vielleicht durchgehen, aber doch nicht bei dem Mann in ihrem Bett!

Kein Wunder, wenn Frauen einen Orgasmus vortäuschen.

Das ist die einzige Chance das Drama schnell zu beenden.

Dann doch lieber gleich die Abkürzung.

Erst ins Bett, weil man erst danach weiß, ob es sich überhaupt lohnt, Artigkeiten auszutauschen.

Oft lohnt es sich eben nicht.

In der freien Wildbahn kommt Frau um das Kennenlern-Ritual leider selten herum.

Eine Frau, die klipp und klar sagt, dass sie am Austausch von Flüssigkeiten mehr interessiert ist als am Austausch von Telefonnummern, macht Männern in der Regel Angst.

Ausnahmen bilden die Machos, die sich für ein Geschenk an die Weiblichkeit halten und sich vom Hengst in ein Zwergkaninchen verwandeln, sobald sie auf der Matte liegen.

Abhaken!

Also was nun?

Wo finden wir ihn?

Den vögelbaren Mann, der keine gefühlsduseligen SMS schreibt, dessen Erfahrungen über die theoretische Kenntnis der Anatomie einer Frau weit hinausgehen und der vor allem seine Zahnbürste und seinen Rasierapparat dort lässt, wo diese Geräte hingehören: In seinem eigenen Badezimmer!

Probieren wir es im Internet!

Willkommen im 21. Jahrhundert!

Es gibt doch genug Plattformen, die schnellen Sex ohne Verpflichtung versprechen!

Einen Versuch ist es wert!

Auf geht's!

Bei der Anmeldung kommt die Frage nach sexuellen Vorlieben.

Schwierig! Wer kann das schon beantworten?

Das ändert sich von Tag zu Tag, von Mann zu Mann.

Ein Foto?

Ganz sicher nicht!

Obwohl…vielleicht ein Foto von meinem Hintern?

Das überlege ich mir noch.

Hauptsache ich bin erst einmal drin und kann mir einen Mann aussuchen.

Die ersten Profile, die ich mir ansehe, sind ernüchternd.

Wie im richtigen Leben.

Dampfplauderer, die vermutlich schon vor dem ersten Date den Schwanz einziehen.

Angeber, die sich für die Offenbarung halten und nicht einmal ansatzweise die deutsche Rechtschreibung beherrschen.

Aber es sind auch ein paar Sahneschnittchen dabei.

Pete kommt als erster in die engere Auswahl.

Er steht auf unabhängige, selbstbewusste Frauen, die wissen was sie wollen.

Ich fühle mich angesprochen.

Also nehme ich Kontakt auf.

Zwei Mails ausgetauscht und schon steht das Date für den nächsten Tag.

Das ging schnell. So hatte ich mir das vorgestellt. Ich bin gespannt!

Wir verabreden uns im Hotel.

Als er die Tür öffnet bin ich geschockt.

Ich bin locker 10cm größer als er.

Habe ich da etwas in seinem Profil überlesen, oder hat er das gar nicht erwähnt?

Er ist so klein und schmächtig, dass eher mein Mutterinstinkt, als mein Sexualtrieb geweckt wird.

Glücklicherweise ist er sensibel genug, meine Verwunderung richtig zu deuten.

Vermutlich hat er bereits Erfahrungen gesammelt.

Das also ist der berühmte Satz mit „ x“. Das war nix!

Zu Hause am PC prüfe ich noch einmal sein Profil.

Seine Größe ist nicht angegeben. Okay.

So schnell gebe ich aber nicht auf.

Nummer zwei auf meiner Datingliste ist Constantin.

Ein ungewöhnlicher Name.

Ich gehe davon aus, dass alle auf dieser Plattform ein Pseudonym benutzen.

Constantin unterscheidet sich schon einmal von den klassischen Dans und Dons und weckt meine Neugier.

Ein Blick auf die Größe: 1,86 cm. Gut, selbst wenn er zwei / drei Zentimeter dazugeschummelt hat, passt es.

Haarfarbe / Augenfarbe spielt keine Rolle.

Körperbau: Maskulin.

Geschärft durch meine Erfahrung mit Pete nehme ich mir vor, das noch einmal genau zu hinterfragen. Maskulin kann vieles bedeuten.

Einen Muskelprotz mag ich nicht. Einen Mann mit Bierbauch auch nicht.

Ich schreibe ihn einfach an.

Nach wenigen Minuten antwortet er bereits – mit einer Absage.

Für ihn kommt ein Date nicht in Frage, wenn kein Foto hinterlegt ist.

Interessant.

Vielleicht sollte ich mein Profil also doch aufhübschen.

Erst einmal nicht.

Auf meiner Datingliste stehen schließlich noch weitere Namen.

Nummer drei ist Ben.

Ben hört sich nach Abenteurer an, Typ Surfer.

Ben fackelt nicht lange und kommt gleich zur Sache.

Wir könnten uns schon heute Abend treffen.

Auf einem Parkplatz!

Nein Danke, dass dann auch nicht.

Es scheint doch nicht ganz so einfach zu sein, wie ich es mir vorgestellt habe.

Während ich mich durch weitere Profile kämpfe, werde ich immer wieder angeschrieben.

Alles Ablage „P“ = Papierkorb.

Vermutlich schreiben einige Mitglieder alles an, was sich neu im Netzwerk anmeldet – unabhängig davon ob es passt oder nicht.

Auch wenn ich schnell zur Sache kommen will, so möchte ich doch etwas mehr zu lesen bekommen als eine Mail, die nur aus drei Worten besteht: „Willst Du ficken?“.

Ich arbeite meine Liste ab, aber es ergibt sich nichts.

Für mich ist nichts Passendes dabei.

Viele Profile sind geschönt und stehen im krassen Gegensatz zu dem, was sich nach der ersten Mail herauskristallisiert.

Mir vergeht fast schon die Lust, dann entdecke ich Chris.

WOW! Sein Profil könnte von mir sein!

Wir tauschen einige Mails aus, die mein Blut bereits in Wallung bringen.

Chris schreibt mir, dass er bereits einige Dates hinter sich hat, die alle enttäuschend für ihn waren.

Er bittet mich um ein Foto. Ich lehne ab und als er sich am nächsten Tag nicht meldet, befürchte ich schon, dass ich einem Mailerotiker aufgesessen bin, dem es reicht, heiße Mails auszutauschen und dabei in den Handbetrieb zu schalten.

Dann aber bittet er mich doch um ein Date, schlägt aber eine neutrale Bar vor, damit wir uns zunächst in Augenschein nehmen können.

Obwohl es eigentlich nicht mein ursprünglicher Plan war, stimme ich sofort zu.

Ich möchte Chris kennen lernen!

Das Date

Chris wartet schon auf mich und ich erkenne ihn sofort.

Groß, gut aussehend mit leicht gebräunter Haut, aufmerksamen blauen Augen, einem charmanten Lächeln, sehr geschmackvoll gekleidet.

Er vereint Stil und Sex-Appeal.

Ein Alphamann, der Präsenz und Erfahrung ausstrahlt ohne sich dabei überlegen zu geben.

Genau mein Geschmack.

Ich mag Männer, denen ich auf Augenhöhe begegnen kann. Ich will keinen Chauvi, aber auch kein Weichei.

Ganz selbstverständlich zieht er mich zur Begrüßung an sich heran und streift mit seinen Lippen sanft meine Wange.

Ich nehme seinen Duft wahr – männlich, exklusiv, anregend.

Ein kurzer Blick in seine strahlenden Augen verrät mir, dass er angenehm überrascht ist und während wir mit dem Fahrstuhl nach oben fahren, spüre ich bereits die Vorfreude auf das, was mich heute erwartet.

Eigentlich wollten wir nur einen kurzen Aufwärm-Drink nehmen und uns beiden ist nach wenigen Augenblicken Smalltalk klar, dass die Chemie stimmt, aber wir genießen seelenruhig unsere Drinks und beginnen bereits langsam mit dem Vorspiel.

Spielerisch klaubt er eine Erdbeere vom Rand meines Glases und während er sie mir auf die Zunge legt, halte ich seine Hand und umkreise seinen Finger mit meiner Zunge.

Unsere Augen sind aufeinander fixiert und fast versinke ich in dem Blick, der alles ausdrückt, was ich mir in meinen Fantasien ausgemalt habe.

Kein vorsichtiges taktieren, kein winselnder Dackelblick – was ich sehe ist pure Geilheit und das stumme Versprechen es mir richtig zu besorgen!

Schon spüre ich seine andere Hand auf meinem Knie.

Er wartet kurz ab, ob sich Widerstand regt und als ich mit meinem Blick Zustimmung signalisiere, öffnet er mit leichtem Druck meine Beine und streichelt sanft über die Innenseite meiner Schenkel.

Noch spiele ich das Unschuldslamm, mit züchtig auf dem Tisch liegenden Händen.

Auch wenn wir auf einer Bank in einer Ecke an der Bar sitzen, die nur den Blick auf unsere Oberkörper freigibt und den Rest verdeckt, warte ich noch ab, bevor ich selbst aktiv werde.

Die Situation ist für mich neu, aber sehr reizvoll.

Was passiert, wenn ich einsteige und ihn anheize?

Wie weit werden wir hier gehen?

Als er sich leicht nach vorne beugt und mit der Zunge an meinem Nacken spielt, überzieht eine leichte Gänsehaut meinen Körper und ich merke, wie mein Körper weicher wird.

Seine Hand wandert langsam an meinen Schenkeln nach oben.

Meine Hauttemperatur steigt weiter an, mein Herzschlag beschleunigt sich. Es wird nur noch wenige Sekunden dauern, bis seine Finger ihr Ziel erreichen.

Schützend beugt er seinen Körper seitlich nach vorne, um mich vor Blicken der anderen Gäste abzuschirmen, als er mein Kleid ein Stück nach unten zieht und mit der Zunge meine steil aufgerichteten Nippel liebkost.

Ich spüre die heiße Feuchtigkeit zwischen meinen Beinen und als er endlich meinen Slip zur Seite schiebt und mit dem Finger in mich eindringt, während sein Daumen sanft, aber fordernd meine Perle massiert, bleibt mir fast das Herz stehen.

Himmel bin ich geil!

Mein Becken beginnt automatisch sich leicht rhythmisch zu bewegen, fast unsichtbar, aber merklich spürbar.

Der Bann ist gebrochen und mit geübter Hand öffne ich den Reißverschluss seiner Hose und halte kurz inne.

Kein Slip versperrt mir den Weg.

Prall, hart, blank rasiert und perfekt gewachsen springt er mir sofort entgegen.

Mit dem Finger fahre ich sanft über die feuchte Kuppe und während er noch mit den Zähnen zart an meinem Busen knabbert, stecke ich ihm meinen Finger in den Mund, damit er von seinem lieblichen Saft schmecken kann.

Das leidenschaftliche saugen an meinem Finger lässt meinen Körper wohlig erschauern.

Wir dürfen keinen Schritt weiter gehen, sonst kann ich für nichts garantieren!

Wir müssen hier weg! So schnell wie möglich!

Ein kurzer Blick reicht aus.

Er gibt der Bedienung ein Zeichen und bittet um die Rechnung.

Wie zwei Heilige verlassen wir die Bar und stehen Minuten später im Fahrstuhl, der uns nach unten bringt.

Die Fahrt ist kurz, aber ich kann nicht anders, als noch einmal kurz seinen Reißverschluss zu öffnen und mir das anzusehen, was ich bisher nur ertastet habe.

Voller Verlangen nehme ich ihn kurz in den Mund, um ihn willkommen zu heißen.

Lecker!

Unten angekommen nimmt Chris meine Hand und zieht mich in den Hof hinein.

Ohne nachzudenken folge ich ihm in den nächsten und in den übernächsten Hof.

Plötzlich packt mich, drückt mich an die Wand und küsst mich mit einer solchen Intensität, dass mir fast die Luft weg bleibt.

Unsere Zungen verschmelzen in leidenschaftlicher Ekstase.

Seine Hände zerren an meinem Kleid und massieren meine Brüste, ich presse mein Becken an ihn und spüre seine harte Männlichkeit, während ich ihn mit einem Bein umschlinge.

Mit einer Hand öffne ich seinen Reißverschluss, während seine ruhelosen Hände von meinem Körper Besitz ergreifen.

Er nestelt an meinem Slip, zerreißt ihn fast.

Mir soll es egal sein! Ich will jetzt nicht an meinen Slip denken.

Er lässt keine Ruhe und so helfe ich ihm meinen feuchten Slip auszuziehen.

Als er ihn endlich hat, atmet er tief meinen Geruch ein und scheint fast zufrieden.

Jetzt nehme ich seine Hand und platziere sie dort wo ich sie haben will. Er soll spüren, wie nass ich bin, wie ich zerfließe und er soll wissen, dass ich nicht mehr lange warten kann.

Blitzartig dreht er mich herum und beugt meinen Oberkörper nach vorne, während ich mich mit den Händen an der Wand festkralle.

Ich erwarte, dass er sofort in mich eindringt, stattdessen geht er in die Knie und dringt mit seiner Zunge tief in mich ein, während seine Hände mich leicht nach oben drücken.

Ich höre mein eigenes Stöhnen, nehme meinen schweren Atem wahr und stehe kurz vor der Explosion.

Ich fühle kleine Schweißperlen auf meinem Körper, mein Atem geht stoßweise, mein Unterleib vibriert immer stärker, meine Hände sind wie an die Wand genagelt.

Eine riesige Flutwelle tobt in mir, als ich mit aller Wucht zum Höhepunkt komme.

Unablässig spüre ich seine Zunge, seine Finger, seine Ekstase und mein Körper zuckt weiter im Rhythmus seiner Begierde.

Bevor ich zusammensacken kann, spüre ich wie er sich erhebt und blitzschnell in mich eindringt, die letzten Zuckungen nutzend und sie wieder belebend.

Ich spüre ihn tief in mir, spüre seine Geilheit, höre sein Keuchen an meinem Ohr und bewege meinen Unterkörper rhythmisch zu seinen Stößen!

Im Unterbewusstsein nehme ich die Häuser rund um den Hof wahr, einzelne Lichter, die uns Licht spenden, aber an die Menschen hinter den Fenstern denke ich nicht.

Ich denke nur an Chris, genieße den Moment, das Vakuum, das nur aus der leidenschaftlichen Vereinigung zweier Körper besteht.

Er bewegt sich immer heftiger, unser Atem ist völlig außer Kontrolle geraten und mit einem lang anhaltenden Stöhnen spüre ich, wie er in mir explodiert.

Ich koste jeden Moment aus, den er noch in mir verweilt und schwelge in den letzten zärtlichen Berührungen seiner Hände.

Erst als ich zu Hause bin, fällt mir auf, dass er meinen Slip behalten hat.

Soll er seine Trophäe haben und meinen Geruch tief inhalieren.

Auch meine Handinnenflächen sind aufgeschürft, ein Fingernagel ist abgebrochen von meinem „Ritt an der Mauer", aber er hat mir gegeben was ich wollte und wenn der Preis dafür ein feuchter Slip und ein abgebrochener Fingernagel ist, dann war es das wert!

Ich wäre nicht einmal abgeneigt ihn ein zweites Mal zu treffen, aber ich bin auch neugierig, was das Internet noch zu bieten hat, also werde ich mich auf die Suche nach einem neuen Abenteuer machen.

40° Treffpunkt Büro

Der Wetterbericht hatte den heißesten Tag des Jahres angekündigt und tatsächlich schraubte sich das Thermometer im Laufe des Tages in schwindelerregende Höhen.

Gegen Mittag flimmerte die Luft in der sengenden Hitze. Aus allen Poren rann mir der Schweiß den Körper hinab.

Jedes Stück Stoff, das ich am Leib trug, war klatschnass geschwitzt.

Meine Haare hatte ich längst nach oben gebunden, mein Make-up hatte sich schon lange vor der Mittagspause verabschiedet.

Ich hatte nur noch einen Gedanken - raus aus den Klamotten und ab unter die kalte Dusche, aber bis zum Feierabend hatte ich noch einige Zeit zu überstehen.

Nicht einmal Mitch konnte mich aufheitern.

Im Gegenteil: wenn ich ihn sehe, steigt meine Körpertemperatur zusätzlich an und das war das letzte, was ich gebrauchen konnte.

Gut gelaunt wie immer und natürlich wie immer auch ohne anzuklopfen, stand er plötzlich mit einem kleinen Päckchen wedelnd vor meinem Schreibtisch, gerade als ich kurz die Augen geschlossen hatte und mein Dekolleté mit kühlenden Eiswürfeln abrieb.

Diese wattierten Push-Up Polster, die meinem kleinen Busen eigentlich nur etwas mehr Fülle verleihen sollen, schnürten mir heute fast die Luft ab.

„Na schöne Frau, waren wir mal wieder auf Shoppingtour im Internet?“

„Das geht Dich gar nichts an.“

„Warum so schlechte Laune? Es ist ein wunderbarer Tag, die Sonne scheint und die Biergärten warten darauf, dass wir beide endlich Feierabend haben.“

„Auf mich wartet heute nur eine kalte Dusche und sonst gar nichts.“

„Vielleicht hebt das kleine Päckchen deine Stimmung, obwohl - Schuhe sind da sicher nicht drin.“

„Schuhe? Wieso Schuhe?“

„Frauen bekommen immer gute Laune, wenn sie neue Schuhe haben.“

„Nein, es sind keine Schuhe und nun verschwinde!“

„Schon gut, wir sehen uns heute Abend im Biergarten“ und schon schwebt er grinsend von dannen.

Nun muss ich doch fast schmunzeln, es ist unser Spiel und wir beherrschen es perfekt.

Wir waren noch nie zusammen im Biergarten und wir werden uns auch niemals außerhalb des Büros treffen.

Ich habe meine Regeln und die sind klar definiert: „Never fuck a company member “, obwohl Mitch wirklich eine Sünde wert wäre.

Groß und schlank ohne dabei zu dünn zu sein, volles dunkles Haar, das einen Kontrast zu seinen außergewöhnlichen funkelnden grünen Augen mit den dichten langen Wimpern bildet.

Sein Lächeln ist wie festgetackert. Er lächelt immer, allerdings in unterschiedlichen Arten und die kleinen Lachfältchen um seine Augen verraten, dass es immer ein ehrliches Lächeln ist.

Er weiß wie er auf Frauen wirkt und er beherrscht die Klaviatur des erfahrenen Verführers.

Mitch ist ein Allroundtalent, er kümmert sich bei uns in der Firma um alles Mögliche.

Seine Hauptaufgabe liegt eigentlich darin die Technik am Leben zu halten, aber wenn alles läuft, spaziert er auch gerne einmal durchs Haus und liefert die Post aus.

Ich hatte mir tatsächlich im Internet ein luftiges Sommerkleidchen bestellt und eigentlich hatte ich dabei an meinen nächsten Strandurlaub gedacht.

Ein Hauch von Kleid mit zierlichen Spaghettiträgern in azurblauen Farbschattierungen, die die Farben des Ozeans widerspiegeln.

Ich hatte mir vorgestellt wie ich nach einem Tag am Strand in diesem Kleid am Meer stehe und den Wind genieße, der meine langen blonden Haare zerzaust.

Meine Haut wäre braun gebrannt, meine stahlblauen Augen würden leuchten und mein Kleid würde sich bei jedem Windstoß eng an meinen Körper schmiegen und ihn dabei zart streicheln.

Aber jetzt sitze ich hier, in diesem Brutkasten, den mein Chef Büro nennen würde und das Meer ist weit weg.

Einige Akten warten noch darauf bearbeitet zu werden, ohne dabei Rücksicht auf mein Befinden zu nehmen. Hitze oder nicht – die Arbeit muss getan werden.

Seufzend nehme ich mir den Stapel vor, den ich heute noch schaffen wollte.

Plötzlich kommt mir eine Idee. Was spricht eigentlich dagegen wenigstens die Füße in einer Schüssel mit kaltem Wasser zu kühlen?

Meine Schuhe hatte ich längst ausgezogen.

Selbst wenn Mitch noch einmal auftauchen sollte, verhindert dieses Monstrum von einem Schreibtisch einen Blick auf meine improvisierte Kühlanlage.

Gedacht, getan! Herrlich!

Während ich mit meinen Füßen im kalten Wasser plansche, komme ich gut voran, der Stapel auf meinem Schreibtisch lichtet sich zusehends und meine Laune hebt sich deutlich.

Nicht mehr lange und ich kann nach Hause gehen, unter die Dusche springen, mein neues Kleid anprobieren und schauen was der Abend für mich noch bereithält.

Vielleicht rufe ich meine Freundin Lena an und verabrede mich tatsächlich noch für einen Biergartenbesuch.

Nach Feierabend kann man die hochsommerlichen Temperaturen wenigstens richtig genießen.

Geschafft!

PC aus, schnell noch die Schüssel verstauen und dann raus hier!

Oh Nein!

In der Küche fällt mir ein, dass ich noch schnell eine Mail abschicken muss, die ich mir heute Morgen für den Feierabend aufgehoben hatte.

Also wieder zurück ins Büro!

Und dann der Schock: Nichts geht mehr!

Der PC reagiert überhaupt nicht, lässt sich nicht einmal einschalten.

Das fehlt mir gerade noch.

Vielleicht ist der Stecker locker?

Ich krieche unter den Schreibtisch um die Verbindungen zu überprüfen.

Alles scheint normal zu sein, aber der PC bleibt tot.

Unter meinem Schreibtisch ist es klitschnass.

Vielleicht habe ich mit meinen Füßen doch zu heftig im Wasser gespielt.

Hoffentlich habe ich dabei nichts kaputt gemacht.

Ich kann nur hoffen, dass Mitch noch da ist und wähle seine Nummer.

Gut gelaunt wie immer hebt er ab: „Prinzessin! Gehen wir jetzt in den Biergarten?"

„Lass das Mitch! Ich hab ein Problem. Der PC reagiert nicht. Kannst Du dir das bitte noch kurz ansehen?"

„Bin schon unterwegs!"

„Jetzt erzähl. Was ist passiert?"

„Ich habe ihn heruntergefahren und als ich ihn noch einmal starten wollte, sprang er nicht mehr an."

„Okay. Ich sehe mir das an." Schon zieht er meinen Schreibtischstuhl weg und klettert unter den Schreibtisch.

„Warum ist das hier so nass?"

Peinlich.

„Ich habe mir eine Schüssel mit kaltem Wasser gemacht, um wenigstens die Füße etwas abzukühlen.“

Ich kann seinen Gesichtsausdruck nicht sehen, aber sein Grinsen spüren.

Er hockt unter dem Monstrum und fummelt an den Kabeln. Als ob ich das nicht schon selbst probiert hätte…

„Kannst du mal kurz probieren ob er jetzt wieder reagiert?“

Ich gehe an den Schreibtisch und drücke auf Start, aber nichts passiert.

Plötzlich öffnet sich die Tür.

„Valerie, schön dass ich sie noch treffe!“

Mitch zupft an meinen Beinen.

Ich verstehe.

Er will nicht, dass unser Chef weiß, dass er gerade unter meinem Schreibtisch sitzt.

Blitzschnell denke ich nach.

Vielleicht habe ich mit meiner Planscherei wirklich etwas kaputt gemacht und er will mich nicht verraten, oder er möchte einfach nur nicht, dass unser Chef noch eine Aufgabe für ihn findet.

In jedem Fall beschließe ich mir nichts anmerken zu lassen.

„Ich wollte Ihnen danken. Die Unterlagen waren perfekt vorbereitet und wir haben den Auftrag tatsächlich bekommen."

„Super, das freut mich!"

Und dann geht es los.

Er setzt sich auf den Stuhl vor meinem Schreibtisch und erzählt mir jede Einzelheit des heutigen Treffens mit unseren zukünftigen Geschäftspartnern.

Ich kann unmöglich stehen bleiben, während mein Chef mir gegenüber Platz genommen hat, also ziehe ich meinen Stuhl heran und setze mich ebenfalls.

Kurz frage ich mich wie lange Mitch es wohl in dieser Kauerhaltung unter meinem Schreibtisch aushalten wird, denn jetzt gibt es kein Zurück mehr und er kann unmöglich auftauchen.

Wie ich meinen Chef kenne kann das Gespräch etwas länger dauern.

Die wichtigste Info, nämlich die, dass wir den Auftrag bekommen haben, hätte mir fürs erste gereicht.

Ich kann mich kaum konzentrieren, weil ich nur an Mitch denke. Der arme Kerl!

Ich folge den umfassenden Ausführungen meines Chefs, nicke an den richtigen Stellen und heuchle absolute Begeisterung.

Plötzlich erstarrte ich.

Mitch sucht offensichtlich nach etwas Ablenkung und streichelt die Innenseiten meiner Waden.

Instinktiv reagiere ich und drücke die Beine nach außen, um den Kontakt zu seinen Händen zu unterbrechen. Dabei räuspere ich mich laut und vernehmlich.

Mein Chef, der gerade von einem kleinen Trick erzählt, den er angewandt hat, um die Auftraggeber zu überzeugen, hält mein Räuspern für eine Art Dudu-Finger und steigt sofort darauf ein. „Ja,ja ich weiß. Das war nicht die feine englische Art, aber letztendlich zählt doch nur dass wir den Auftrag bekommen haben.“

Er lässt sich überhaupt nicht beirren und plaudert munter weiter.

Mitch startet den nächsten Versuch.

Beginnend an den Fesseln klettert er mit seinen Fingerkuppen langsam an meinen Waden entlang.

Ich versuche ihn abzuschütteln, nur ist meine Bewegungsfreiheit stark eingeschränkt.

Längst hätten wir ein riesiges Problem, wenn unser Chef Mitch bemerken würde.

Wir sitzen in einem Boot.

Mitch weiß das und ist offensichtlich entschlossen die Situation genüsslich auszunutzen.

Ich kann jetzt schon mehr als nur seine Fingerkuppen spüren.

Seine Hände streicheln meine Beine und wandern Stück für Stück nach oben.

Mir bricht der Schweiß aus und es ist längst nicht mehr nur die unerträgliche Hitze die das Büro den ganzen Tag über in einen Glutofen verwandelt hat.

Auch wenn ich es nicht gerne zugebe, die Situation macht mich geil und in meiner Fantasie stelle ich mir bereits vor, wie Mitch seine Zunge in meine Muschi steckt, während mein Chef unaufhörlich schwadroniert.

Aber wie es sich gehört versuche ich weiter mich möglichst unauffällig zu wehren, meine Beine je nachdem zusammen oder auseinander zu pressen, wenn ich den zunehmenden Druck seiner Hände spüre.

Aber Mitch ist in der besseren Position und mein ohnehin geschwächter Widerstand schwindet mit jeder Sekunde die sein Eroberungszug andauert.

Mein Chef ist so verliebt in seinen heutigen Erfolg, dass er glücklicherweise gar keine Antworten von mir erwartet und nicht einmal ahnt, dass ich in Gedanken ganz woanders bin.

Mitch hat seine Position verändert und ich spüre bereits wie er den Kopf zwischen meine Beine legt.

40°, 41°, 42° - wann wird mein Körper den Schmelzpunkt erreichen?

Ich bin klitschnass.

Hitze und Geilheit - Geilheit und Hitze - ich würde einen Eisberg zum schmelzen bringen.

Bis gerade habe ich gedacht, dass die Temperatur ihren Höhepunkt erreicht, eigentlich längst überschritten hat und dann spüre ich Mitchs heißen Atem und kurz darauf nähere ich mich einem Herzstillstand.

Mit geübter Zunge erobert er meine pralle Perle.

Ich möchte mich an meinem Schreibtisch festkrallen.

Mein Chef quasselt ahnungslos weiter.

Längst kann ich ihm nicht mehr folgen, aber das ist auch nicht wichtig.

Wie ein Aal schlängelt sich die Zunge von Mitch um meinen Kitzler, mal sanft dann wieder fest und drängend.

Ab und zu höre ich ein leises Schmatzen, aber mein Chef ist so in seinen Tagesrückblick vertieft, dass er nur seine eigene Stimme wahrnimmt.

Ich rutsche ein Stück nach vorne und spreize die Beine weit auseinander, weil ich will das Mitch mich mit seiner Zunge verschlingt. Ganz tief will ich sie in mir spüren.

Ich denke kurz an den Film Harry und Sally, in dem Meg Ryan in einem Restaurant einen Orgasmus bekommt. Zwar ist der nur vorgetäuscht, aber wenn mein Chef nicht langsam zum Ende kommt, erlebt er gleich eine ähnliche Szene, nur wäre dieser Orgasmus echt.

Wieder nehme ich eine Veränderung wahr.

Mitch hat eine Hand von meinem Bein genommen und ich höre das leise ratschen seines Reißverschlusses.

Er öffnet seine Jeans und kurz danach spüre ich an meinem Bein, wie er seine Hand auf – und ab bewegt.

Er macht es sich selber! schießt es mir durch den Kopf! Ich platze gleich vor Geilheit!

Ich will sein Prachtstück sehen, ihn berühren, will ihn in den Mund nehmen, will seinen Körper auf meinem spüren, will ihn endlich ganz in mir haben.

„Jedenfalls haben sie gute Vorarbeit geleistet und ich habe den Deckel dann zu gemacht. Wir sind ein gutes

Team!“ grinst mich mein Chef an.“ Geht es ihnen nicht gut? Sie haben ganz glasige Augen.“

„Nein, Nein, alles okay. Es ist nur die Hitze“ stottere ich.

„Dann will ich sie jetzt auch nicht länger aufhalten. Ich wollte ihnen nur von unserem Erfolg berichten, schließlich waren sie daran nicht ganz unbeteiligt.“

Ich bekomme kein Wort heraus, denke nur daran, dass er endlich verschwinden soll.

Nur nicht die Sally-Szene liefern!

„Ich weiß - sie gehören nicht zu den Menschen die sich selbst auf die Schulter klopfen. Sie müssen auch gar nichts sagen, freuen wir uns einfach, dass wir es geschafft haben! Ich sehe, dass sie den Computer schon ausgeschaltet haben, also ab nach Hause!“

Er erhebt sich.

Ich kann jetzt unmöglich aufstehen und habe schon Angst, dass er auf mich warten will.

„Ich muss noch kurz etwas für morgen vorbereiten und dann gehe ich auch nach Hause.“

„Aber machen sie nicht mehr so lange“ zwinkert er mir zu.

„Nein, ganz bestimmt nicht!“

„Na dann - schönen Feierabend.“

„ Schönen Feierabend.“

Er ist schon fast an der Tür, mein Körper entspannt sich schon wieder leicht, als er sich noch einmal umdreht:

„Haben Sie Mitch heute eigentlich gesehen? Jetzt wo wir den Auftrag an Land gezogen haben, können wir uns auch einmal etwas gönnen und ich habe beschlossen eine Klimaanlage einbauen zu lassen. Mitch soll sich darum kümmern. Die Hitze hält ja kein Mensch aus.“

Wem sagt er das? Ich laufe aus, bin klatschnass.

„Keine Ahnung wo Mitch ist, ich hab ihn heute nur einmal kurz gesehen und das ist schon länger her.“

„Naja, es ist ja auch schon längst Feierabend, aber manchmal ist er ja etwas länger im Büro. Bis morgen also!“

„Bis morgen.“

Endlich ist er weg und ich hoffe, dass ihm nicht noch etwas einfällt.

Mitch scheint dem Frieden noch nicht zu trauen und verharrt in seiner Stellung.

Seine Handbewegungen werden immer heftiger und jetzt nehme ich auch sein leises Stöhnen wahr.

Die Minuten ziehen sich wie Stunden, das Pochen meiner Klitoris versetzt mich in Hochspannung.

Ich halte es nicht mehr aus und ziehe Mitch nach oben.

Wie nicht anders zu erwarten taucht er mit einem Lächeln im Gesicht auf und setzt sich direkt vor mich auf den Schreibtisch.

Vor mir erhebt sich sein pralles Glied. Wahnsinn!

Ich will ihn mit meinem Mund aufnehmen, aber Mitch zieht mich von meinem Stuhl hoch. Während er ein Stück nach vorne rutscht, setze ich mich auf ihn, umschlinge seinen Körper mit meinen Beinen und wir beginnen den Ritt der uns zwischen Himmel und Hölle katapultiert.

Unsere Lust ist nicht mehr kontrollierbar.

Wir sind im Rausch der Sinne und entladen uns wie ein brodelnder Vulkan.

Viel zu schnell ist es vorbei und völlig erschöpft gleite ich von Mitch herunter zurück auf meinen Stuhl.

Wäre Mitch nicht Mitch, wäre mir die Situation jetzt sicher peinlich, aber Mitch geht mit seiner üblichen Offenheit lächelnd darüber hinweg.

„Und gehen wir jetzt in den Biergarten Prinzessin?“

„Gerne, aber vorher muss ich unter die Dusche und neue Klamotten anziehen!“

„Zu mir oder zu Dir?“ und wieder grinst er verschmitzt.

„Zu mir.“

Nachwort:

Unnötig zu erwähnen, dass wir an diesem Abend keinen Biergarten gesehen haben.

Mein PC ging am nächsten Tag wieder – er hatte einfach nur einen Wärmestreik eingelegt.

Mitch und ich sind heute ein Paar und selbst unser Chef hat es eines Tages bemerkt und sich dazu gratuliert, dass in seinem Unternehmen glückliche Verbindungen gedeihen können.

Wenn er wüsste…

Die Billardkönigin

Es ärgert mich, dass ich keinen Platz reserviert habe. Eine Platzkarte kaufen? Das fand ich spießig und nun stehe ich mit meinem ganzen Gepäck in einem überfüllten Zug auf dem Gang und das bei tropischen Temperaturen. Für die Bahn scheint das Problem mit den Klimaanlagen unlösbar zu sein, jedenfalls geht sie in diesem Zug nicht.

Was soll's? In wenigen Stunden habe ich mein Ziel erreicht und bin endlich in Berlin!

Von Berlin habe ich geträumt seit ich das erste Mal dort war. Eine pulsierende Stadt voller Leben, offen für alle, die das Leben in vollen Zügen genießen wollen.

Klar! werden viele denken.

Wenn man wie ich aus einer Kleinstadt in Bayern kommt, ist jede große Stadt eine Offenbarung, aber das ist es nicht.

Berlin ist nicht irgendeine große Stadt.

Berlin nimmt dich mit offenen Armen auf und liebt dich, wenn du es liebst.

So oft wie möglich war ich in den letzten Jahren immer wieder zu Besuch in Berlin und jedes Mal hatte ich das Gefühl nach Hause zu kommen.

Jetzt endlich habe ich einen Studienplatz in Berlin bekommen und kann es kaum erwarten die Stadt zu erobern.

Für die ersten Tage habe ich mich bei einer Freundin einquartiert, aber natürlich will ich so schnell wie möglich auf eigenen Füßen stehen.

Für eine eigene Wohnung wird mein Budget nicht reichen, aber ich werde mich gleich morgen auf die Suche nach einer angenehmen WG machen.

Jetzt muss ich erst einmal diese Zugfahrt überstehen, mein Gepäck ordnen und mir daraus einen Sitzplatz basteln.

Mir gegenüber richtet sich ein Mädel ein, das etwa in meinem Alter ist.

Sie hat offensichtlich konkrete Lebensziele, denn als Lektüre hat sie das Buch "So angeln Sie sich einen Millionär." gewählt.

Ich muss kurz darüber nachdenken.

Nein, ich glaube das wäre nichts für mich.

Mir ist die Unabhängigkeit lieber.

Und heiraten? Ob Millionär oder nicht - das Thema Hochzeit steht bei mir im Moment überhaupt nicht zur Debatte. Ich will leben und Spaß haben!

Als ich zur Toilette muss, frage ich sie, ob sie kurz auf meine Sachen aufpassen kann und so kommen wir ins Gespräch.

Sophia kommt ursprünglich aus einem kleinen Dorf an der Nordseeküste und lebt schon länger in Berlin.

Sie ist damals mit ihrem Freund zusammen nach Berlin gekommen, aber der konnte den weiblichen Verlockungen der Großstadt nicht lange widerstehen und so haben sich ihre Wege schnell getrennt. Ein Zurück kam für Sophia nicht in Frage und so blieb sie. Ihr Geld verdient sie mit Gelegenheitsjobs, unter anderem arbeitet sie als Hostess auf Messen und Großveranstaltungen.

„Wenn du Lust hast, kann ich dir vielleicht auch einen Job besorgen."

„Erst einmal muss ich zur Uni und mir meine Stundenpläne ansehen, dann sehe ich mich nach Wohnungen oder WGs um und dann kümmere ich mich um einen Job."

„ Echt, suchst Du einen Platz in einer WG? Da hätte ich vielleicht etwas für dich. Bei zwei Freunden von mir ist gerade ein Zimmer frei geworden."

„Zwei Männer?"

„Ja, na und?"

„Eine WG mit zwei Männern? Ich weiß nicht so recht.“

„Ach was, kein Problem! Die beiden sind schwul.“

„Schwul? Ehrlich?"

„Ja, ehrlich!"

„Vielleicht wollen die dann gar keine Frau?“

„Warum nicht? Meinst du sie holen sich lieber einen dritten Mann in die Wohnung?"

„Ja, da hast du natürlich auch wieder recht. Ich kann es mir ja einmal ansehen.“

Schon zückt Sophia ihr Handy.

„Hi Marc, ich bin’s Sophia. Sag' mal habt ihr schon einen Untermieter gefunden? Ich habe hier im Zug ein nettes Mädel kennengelernt, das vielleicht ganz gut zu Euch passen könnte. Warte, ich reich’ Dich weiter.“

„Hallo, hier ist Vicky."

Marc hat eine sympathische Stimme und er sagt, wenn ich Lust habe, kann ich mir das Zimmer schon morgen ansehen.

Sophia nickt aufmunternd und ich stimme zu.

„Also dann bis morgen um 17:00 Uhr."

Wenig später fährt unser Zug dann auch schon am Hauptbahnhof ein.

Sophia und ich tauschen noch schnell die Handynummern aus und dann müssen wir unser Gepäck einsammeln und den Platz räumen. Zum Abschied winken wir uns noch einmal zu und dann verlieren wir uns im Getümmel.

Ein bisschen aufgeregt bin ich schon, als ich am nächsten Tag auf den Klingelknopf drücke.

Wer weiß, was mich erwartet.

Als sich die Tür öffnet bin ich einen Moment fast sprachlos, denn damit habe ich ganz sicher nicht gerechnet.

Vor mir steht der attraktivste Mann, den ich je gesehen habe.

Sofort nehme ich seine strahlend blauen Augen wahr, die von dichten langen Wimpern umrandet sind. Sein fröhliches Lächeln bringt seine Grübchen zum Vorschein.

Er reicht mir die Hand: „Hi, ich bin Marc und du musst Vicky sein."

„Ja, Hi."

„Komm doch rein!"

Einladend hält er die Tür auf und ich folge ihm durch den Flur bis ins Wohnzimmer.

"Alex noch nicht da, aber er müsste jeden Moment hier sein. Wenn du willst kann ich dir schon mal das Zimmer zeigen."

„Ja, gerne."

Wieder folge ich ihm und kann den Blick nicht von seinem Hinterteil lassen. Wie kann so ein Mann nur schwul sein?

Das Zimmer ist nicht besonders groß, aber groß genug.

Das Fenster geht zum Hof, der Ausblick ist nicht berauschend, aber wenigstens wird es hier ruhig sein.

„Es gefällt mir."

„Warte, ich zeige dir noch den Rest der Wohnung. Ach, da kommt Alex, dann lernt ihr beide euch auch gleich kennen."

Der nächste schöne Mann steht vor mir.

Das gibt's doch nicht!

Alex ist etwas kleiner als Marc und dunkelhaarig, aber nicht minder attraktiv.

Auch er strahlt mich an, als er mir die Hand hinstreckt. „Hi Vicky, schön dich kennen zu lernen. Und? Gefällt es dir hier bei uns?"

„Super!" strahle ich zurück.

„Hat Marc dir schon alles gezeigt?"

„Wir waren gerade dabei."

Eine Tür nach der anderen öffnet sich.

Das Wohnzimmer und mein Zimmer hatte ich schon gesehen, jetzt folgen Küche, Badezimmer, das Zimmer von Marc und das von Alex und dann stehen wir vor der nächsten Tür.

„Trara! Und das ist unser Spielzimmer."

Spielzimmer denke ich?

Bestimmt eine Art Liebeshöhle.

Hoffentlich stehen die beiden nicht auf S/M Spiele und zeigen mir jetzt ihre Folterkammer.

Marc öffnet die Tür und ich kann mir ein „WOW!" nicht verkneifen.

Das ist kein Zimmer, das ist ein voll ausgestatteter Billardsalon mit allem Drum und Dran.

Meine Begeisterung ist mir ins Gesicht geschrieben.

„Spielst du Billard?" fragt Alex.

Ich muss grinsen.

Die Frage ist gut.

Zuhause nennt man mich die Billardkönigin, aber das muss ich den beiden ja nicht gleich auf die Nase binden.

Billard kann ich selbst mit verbundenen Augen spielen.

Bei uns im Dorf gab es nur einen Treffpunkt für Jugendliche und der Mittelpunkt war der Billardtisch.

So habe ich die letzten Jahre oft täglich mehrere Stunden gespielt und keiner konnte sich mit mir messen.

„Ja, ab und zu habe ich schon gespielt."

„Na dann freue ich mich auf unsere erste Partie – vorausgesetzt Du nimmst das Zimmer."

„Ja, es gefällt mir gut bei euch und ich würde das Zimmer gerne nehmen."

Wir werden uns schnell einig und wenn ich Lust habe, kann ich schon heute Abend einziehen.

Die nächsten Tage rasen an mir vorbei.

Marc und Alex sehe ich immer nur kurz im vorübergehen.

Wenn ich abends nach Hause komme, falle ich todmüde ins Bett.

Die letzten Tage habe ich alles Mögliche erledigt und mich mit Freunden und Bekannten, die ich in Berlin schon kannte, getroffen.

Dabei habe ich die Größe dieser Stadt unterschätzt.

Um manche Ecken zu erreichen muss man locker eine Stunde Fahrzeit einkalkulieren, wenn man auf die öffentlichen Verkehrsmittel angewiesen ist.

Und morgens ruft dann die Uni.

Sophia hatte ich schon fast vergessen, aber dann höre ich sie schon, als ich die Tür aufschließe.

„Hi Vicky! Hey cool! Super, dass das mit euch so schnell geklappt hat."

„Hi Sophia! Ich hatte schon ein ganz schlechtes Gewissen, weil ich mich bei dir nicht gemeldet habe und eigentlich noch Danke für den Tipp sagen wollte. Der war wirklich gut!"

„Keine Ursache. Ich weiß ja selbst wie das ist." Schon zerrt sie mich mit ins Wohnzimmer, wo Alex und Marc sitzen.

Marc sieht mich an:„Hi Vicky, willst Du mitkommen? Sophia hat mal wieder VIP Karten für eine Veranstaltung heute Abend."

Sophia nimmt meine Hand und drückt sie: „Sag" einfach ja, sonst kommen die beiden noch auf die Idee, dass wir hier bleiben und Billard spielen und dazu habe ich an einem Freitagabend bestimmt keine Lust!"

„Vicky spielt auch ab und zu Billard" protestiert Marc.

„Ihr könnt auch mit ihr spielen, aber nicht heute! Heute gehen wir aus und feiern eure

Zusammenführung und schließlich gibt es dort auch ein leckeres Buffet und kostenlose Getränke!“

Hilfesuchend sehe ich Marc und Alex an.

Alex zuckt nur mit den Schultern und sagt: „Okay, dann gehen wir.“

Beifall heischend schaut Sophia mich an: „Geht doch! Ihr habt euch doch schließlich noch gar nicht richtig kennen gelernt und das müssen wir heute Abend nachholen. Also zieh’ Dir einen heißen Fummel an, am besten das kleine Schwarze, und dann geht's los!“

Der Abend wird richtig lustig und einmal mehr finde ich es bedauernswert, dass diese beiden Männer für die Damenwelt verloren sind.

Sie sehen nicht nur ausgesprochen gut aus, sie sind auch charmant und unterhaltsam.

Ich muss zugeben, dass ich die neidischen Blicke der anderen Mädels genieße und eigentlich finde ich es auch ganz angenehm, dass Marc und Alex nicht hinter jedem Rock herstarren, aber sich in der Öffentlichkeit auch nicht gegenseitig befummeln.

Wenn Sie Hetero wären, könnte ich mich gar nicht entscheiden.

Beide sind so lecker, dass mein Jagdtrieb völlig außer Kontrolle geraten würde.

Am liebsten hätte ich sie beide, aber darüber muss ich mir wohl keine Gedanken machen.

Für die Rückfahrt leisten wir uns ein Taxi.

Sophia besteht darauf vorne zu sitzen, weil ihr hinten schlecht wird und so lande ich in der Mitte zwischen Marc und Alex.

Vermutlich liegt es nicht nur am Alkohol, das mir am ganzen Körper der Schweiß ausbricht.

Bei jedem anderen Kerl würde ich nun meine Fühler ausstrecken, aber als Frau habe ich in diesem Fall schlechte Karten.

Auf der Fahrt merke ich wie mein Körper immer heftiger reagiert.

Unsere Knie berühren sich in jeder Kurve und jedes Mal versetzt es mir einen Stich und schnürt mir die Luft ab.

Großer Himmel, die beiden haben es mir wirklich angetan. Was ich mir alles vorstellen kann…

Ich merke, wie das Ziehen in meinem Unterleib stärker wird und mein Höschen langsam nass wird.

Verstohlen schaue ich nach rechts und nach links, aber weder Marc noch Alex zeigen irgendeine Reaktion.

Was habe ich auch erwartet? Natürlich reagieren sie nicht.

Ob sie es heute Nacht miteinander treiben?

Ich will gar nicht darüber nachdenken!

Will nicht wissen, wie es ist, wenn sich diese beiden Luxuskörper nackt aneinander schmiegen, wie sie sich gegenseitig mit den Händen berühren, wie ihre Zungen sich erobern…

Eine Gänsehaut überzieht mein Körper. Wie geil es ist, sich die beiden vorzustellen!

Stop! schreit es in mir. *Hör' auf damit! Du hast keine Chance!*

Plötzlich erstarre ich!

Marc hat eine Hand auf Knie gelegt und tätschelt es sanft.

„Es war ein schöner Abend. Das müssen wir bald wiederholen.“ Er beugt sich nach vorne und blickt rüber zu Alex.

Der reagiert sofort, legt seine Hand auf mein anderes Knie und antwortet verschmitzt: “sehr bald!“

Beide schauen mich nun an, erwarten, dass ich etwas erwidere, aber leider ist die Funkverbindung zwischen meinem Gehirn und meinen Stimmbändern unterbrochen.

Das können wirklich nur Schwule bringen.

Wahrscheinlich denken sie sich gar nichts dabei, was ich zwischen ihnen sitzend dabei empfinde, wenn sie mich berühren.

Ein „ja, war wirklich super“ bekomme ich gerade noch heraus, obwohl meine Stimme viel zu hoch in meinen Ohren klingt.

Ich meide den Augenkontakt, weil ich weiß, dass meine Augen bereits den verräterischen Glanz angenommen haben.

Die beiden denken nicht daran ihre Hände von meinen Knien zu nehmen und ich weiß nicht, ob ich erleichtert oder enttäuscht sein soll, als wir unser Ziel erreichen.

Wir verabschieden uns von Sophia, die ihr Auto bei uns vor der Tür geparkt hatte und gehen nach oben.

Ich gehe voran und normalerweise weiß ich, dass mein sich wiegender Hintern die Männer beim Treppensteigen völlig verrückt macht.

Aber heute könnte ich vermutlich auch in einem Sack nach oben hüpfen – es würde nichts ändern.

„Das Kleid steht Dir übrigens richtig gut! Sehr sexy!“

Hat er das jetzt wirklich gesagt, oder habe ich das geträumt?

Ich drehe mich um und Marc grinst mich an. Er hat es tatsächlich gesagt.

„Danke für das Kompliment!“

„Ich meine es ernst! Du solltest öfter mal Kleider tragen!“

Wie meint er das? Ist das jetzt eine Art Stilberatung - sozusagen von Frau zu Frau?

Ich weiß wirklich viel zu wenig über Schwule und kann das gar nicht einordnen.

Ist das positiv? Vielleicht doch eine kleine Chance?

Wir sind oben angekommen und ich will gleich in mein Zimmer verschwinden.

Ich bin geil und weil keiner der beiden zur Verfügung steht, muss mein lieber Freund Bruno, mein Plastik-Dickie, wohl seinen Dienst tun und zwar Pronto!

„Habt ihr noch Lust auf eine Partie Billard?“ fragt Alex.

Marc und ich sehen uns an, Marc antwortet zuerst. „klar, warum nicht?“.

Das wäre vielleicht die Alternative zu Bruno denke ich. Entweder kühlt Bruno mich ab oder ich konzentriere mich auf eine Billardpartie.

„Okay, spielen wir! Ich zieh mich nur schnell um!“

„Nein bleibt so, vielleicht erhöht das meine Chancen endlich einmal gegen Marc zu gewinnen. Alkohol und

Ablenkung – so günstige Umstände kommen so schnell nicht wieder!“

Was soll das jetzt wieder heißen? Ablenkung?

„Okay, dann los!“

Wenn mein weiblicher Körper nur eine klitzekleine Reaktion bei ihm auslöst, wird mein Billardspiel meine Chancen erhöhen und ich werde Vollgas geben.

„Kennst Du die Regeln?“

„Klar, kenne ich! Ihr fangt an, ich möchte euch erst einmal zusehen!“

„Mir wäre es lieber, wenn ich dir zusehen könnte“ zwinkert Marc mit zu.

„Kannst du ja, aber erst danach.“

Ein wenig zweideutig ist dieses Gespräch ja schon, aber vermutlich gilt das nur für Gespräche unter Heteros.

Die Nähe eines Billardtisches macht mich stark. Das ist mein Terrain, hier bin ich unschlagbar und strotze vor Selbstbewusstsein.

Die beiden fangen an.

Sie spielen gut, dennoch sind sie gegen mich chancenlos, aber noch wiegen sie sich in Sicherheit.

Sie wissen, dass sie gut spielen, was also soll eine Frau schon ausrichten können? Ich kenne das. Wartet ab Jungs!

Ich überlege kurz.

Soll ich erst einmal tiefstapeln? Quatsch.

Das wird nicht unser letztes Spiel bleiben und wenn ich sie täusche, kommen sie sich wahrscheinlich verarscht vor.

Das kannst du mit Typen machen, gegen die du nie wieder spielen wirst und dann kann es sogar Sinn machen.

Ein leckeres Kerlchen, das du nach dem Spiel vernaschen willst, lässt Du besser gewinnen - schließlich soll sich seine Mannespracht entfalten.

Meine Erfahrung zeigt, dass sie sich wie ein Kastrat fühlen, wenn eine Frau ihnen beim Billard richtig einen überbrät und wer will das schon?

Also gönn' ihnen den Spaß und lass' sie gewinnen, dann hast Du später auch etwas von ihnen!

Aber hier und heute? Nein! Das ist eine andere Situation, also Attacke!

Ich bin dran und spiele gegen Marc.

Lächelnd ziehe ich mein Spiel durch.

Die beiden sehen mir dabei mit offenem Mund und weit aufgerissenen Augen zu.

Marc findet als erster seine Sprache wieder. „Wow! Wo hast du das gelernt?“

„So ist das, wenn man in einem Dorf aufwächst, in dem es keine Bars, keine Clubs, nicht einmal ein Fitnessstudio gibt.“

„Irre! Kannst Du mir das beibringen?“

„Das ist jahrelange Übung und vielleicht ein bisschen Talent. Talent habt ihr ja, nur bin ich euch vermutlich einige Tausend Stunden voraus.“

„Darauf muss ich einen Drink nehmen. Wollt ihr auch einen?“

Marc und ich nicken zustimmend und grinsen uns dabei an.

„Ich würde das gerne noch einmal sehen. Es ist total faszinierend, dir beim Spiel zuzusehen.“

Ich lasse mich nicht lange bitten und greife mir den Queue.

Die Atmosphäre ist so locker und entspannt, dass ich mir gar nichts dabei denke, als ich mein Kleid etwas nach oben ziehe. Ich bin in meinem Element.

Das Kleid ist so eng, dass ich kaum Beinfreiheit habe. Ein wenig kürzer und schon geht es besser!

Ich beuge mich über den Tisch, stoße die Kugel, versenke sie und dann die nächste - ab in die Tasche.

Fast bin ich in meinem Vakuum angekommen, in dem ich außer dem Tisch nichts mehr wahrnehme, aber plötzlich entdecke ich Marc im Spiegel.

Drei Wände des Raumes sind komplett verspiegelt, wodurch der Raum natürlich sehr viel größer wirkt, als er ist.

Marc steht hinter mir und wie ich sehe, folgt er ganz sicher nicht meinem Spiel.

Er starrt auf meinem Hintern und was er sieht, gefällt ihm - das kann ich deutlich erkennen.

Jetzt hab' ich dich denke ich.

Auch das lernt man, wenn man Billard spielt.

Das beherrschen selbst die Frauen, die keine Kugel ins Loch bekommen.

Ein Billardtisch ist für viele Frauen nichts anderes als eine Stange auf vier Füßen.

Hier können Sie ihren Körper in Szene setzen ohne dabei ins Schwitzen zu geraten.

Ich spiele eine Kugel, die ich besser von der anderen Seite gespielt hätte, aber in meiner jetzigen Position muss ich mich weit nach vorne beugen, um sie anzuspielen. Ich will sehen, ob Marc am Ball bleibt.

Mein Kleid ziehe ich unauffällig noch ein Stück weiter nach oben.

Wenn ich jetzt ansetze, sind meine Pobacken gerade noch bedeckt, aber wirklich gerade.

Während ich stoße, beobachte ich Marc und schwul oder nicht- der Anblick macht ihn geil. Jetzt bin ich mir ganz sicher!

Auch Alex entgeht es nicht, dass Marcs Aufmerksamkeit nicht mehr meinem Spiel gilt und er gesellt sich zu ihm.

Ich spiele weiter, als würde ich nichts bemerken, aber ich sehe genau, dass sie beide heiß sind.

Mit belegter Stimme fragt Alex, ob ich auch mit verbundenen Augen spielen könnte.

Klar, kann ich.

Ich muss nur wissen, wo die weiße Kugel liegt und jemand muss mir den Queue zu der Kugel führen, die ich anspielen soll, damit ich weiß, wo sie liegt.

Ich befürchte kurz, dass sie mir die Augen verbinden wollen, damit sie ihrer Lust aneinander ungestört nachgehen können, aber das können sie nicht, denn schließlich müssen sie mir helfen.

Alex holt eine schwarze Augenbinde und bevor ich mich fragen kann, warum er eine Augenbinde in greifbarer Nähe hat, habe ich sie bereits um.

Alex oder ist es Marc? tritt von hinten an mich heran und führt meine Hand.

Seine Erregung kann ich deutlich spüren und es macht mich total geil.

Als ich mich nach vorne beuge, spreize ich die Beine etwas mehr als nötig, was zur Folge hat, dass mein Kleid noch ein Stück weiter nach oben rutscht und jetzt einen Blick auf meinen prallen Po freigibt.

Ich kann Marc und Alex nicht mehr sehen, aber ich fühle, rieche und schmecke die Geilheit, die diesen Raum erfüllt.

Die Spannung ist unerträglich.

Ich stoße zu und höre wie die Kugel versinkt.

Ein neuer Versuch.

Sie scheinen die Plätze zu tauschen.

Jetzt bin ich sicher, dass Marc hinter mir steht.

Er ist in seiner ganzen Art offensiver als Alex und als er seinen Körper an meinen schmiegt, um meine Hand zu führen ist das eine unausgesprochene Herausforderung.

Er lässt mich die Situation kontrollieren und wartet auf meine Entscheidung.

Statt zu antworten räkele ich ihm meinen Po entgegen und er versteht das Signal.

Mein Atem stockt, als ich seine Hände auf meinem blanken Po spüre.

Erst ganz sanft und abwartend. Als er keinen Widerstand spürt, greift er zu. Fest und fordernd.

Zwischen meinen Beinen schießt Feuchtigkeit ein.

Den ganzen Abend lag so viel Spannung in der Luft, die sich nun auf einen Schlag zu entladen droht.

Wie ein Tier soll er über mich herfallen.

Egal wer - Hauptsache es dauert nicht mehr lange.

Am liebsten will ich mir das Kleid vom Leib reißen und ihre Hände, ihren Atem, ihre Zungen, ihre harten Queues auf meinem Körper spüren.

Marc und Alex - ich will sie beide und ich will sie jetzt!

Marc zerrt an meinem Slip und Sekunden später streift er ihn mir ab und dringt mit dem Finger sofort in meine klatschnasse Muschi ein.

Ein zufriedenes Seufzen entrinnt ihm, aber wo ist eigentlich Alex?

Macht er sich an Marc zu schaffen?

Dafür ist mir Marc eigentlich zu nahe.

Ich würde es spüren, wenn Alex vor ihm knien oder hinter ihm stehen würde. Ist er etwa gegangen?

Marc hat seine Hose geöffnet, spielt mit seiner Lanze an meinem Po und hinterlässt dort nasse Spuren.

Zu gerne würde ich ihn sehen, aber es ist auch ganz reizvoll, eine Augenbinde zu tragen, vor allem wenn zwei Männer im Spiel sind.

Alex kann ich nun auch wieder spüren, er ist auf den Billardtisch geklettert und zieht mich nach oben, während Marc von unten schiebt.

Der Billardtisch war lange Zeit der Mittelpunkt meines Lebens, nun hocke ich mit verbundenen Augen auf Händen und Knien in der Mitte eines Billardtisches - vor mir Alex, hinter mir Marc.

Mein Herz pumpt, mein Puls rast, mein Blut pulsiert, mein Körper ist so erregt wie nie zuvor in meinem Leben.

Ich fühle mich ausgeliefert, habe keine Ahnung was sich in den nächsten Sekunden abspielen wird.

Ich bin bereit, aufgeregt und unendlich geil.

Alex ist offensichtlich noch unentschlossen, er streichelt meine Haare, während Marc ziemlich zur Sache geht und meinen Lustkanal mit seinen Fingern weitet.

Bevor ich ihn spüre, rieche ich ihn.

Ein Zauberstab, der in freudiger Erwartung ist, hat einen ganz eigenen Geruch.

Das muss Alex ein.

Es sitzt direkt vor mir und ich taste mich an seinen Schenkeln nach oben.

Ich nehme wahr, dass er seine Hose noch an hat.

Sollte ich mich geirrt haben? Aber dann hab ich ihn! Ich will ihn greifen, aber Alex drückt meinen Kopf nach unten und steckt mir sein Prachtstück direkt in den Mund.

Ich laufe fast aus - meine Klitoris sendet Stiche mitten ins Herz.

Alex hat meinen Kopf zwischen seine Hände genommen und gibt das Tempo vor, mit dem ich ihn gierig lutsche.

Ich kann ihn nicht tief genug spüren, möchte jeden Zentimeter zwischen den Lippen ausfüllen, meine Zunge will den süßen Nektar, den ich schmecke, mit jeder Faser aufnehmen.

Marcs Finger vollführen einen furiosen Tanz.

Mit dem Daumen reibt er meine pralle Perle, die anderen Finger verglühen fast in meinem Inneren.

Ich kann nicht mehr klar denken, will nur noch dass er mich nimmt - jetzt und sofort.

So viele Dinge habe ich mir in meiner Fantasie mit zwei Männern ausgemalt, aber jetzt kann ich nicht länger warten: „Komm! Nimm mich! JA! Nimm mich!“ und schon spüre ich wie er in mich eindringt.

Alex und Marc können in den Spiegeln alles genau beobachten, darum beneide ich sie etwas, aber ich spüre so unendliche Lust, dass ich mir eine Steigerung kaum vorstellen kann.

Marc stößt mich hart und fest und findet genau den richtigen Rhythmus, während Alex meinen Mund komplett ausfüllt.

Der Raum wird von unserem Stöhnen erfüllt, wir verschmelzen ineinander, unser Ritt wird intensiver, unkontrollierbar und dann ist es soweit.

Marc ist der erste, der von den Klippen stürzt und sich mit einem Urschrei entlädt.

Als ich kurz darauf die Fontäne von Alex schmecke, werde ich in den Himmel katapultiert.

Mein Körper zittert und bebt, als ich den Höhepunkt meines Lebens erlebe!

Erschöpft und völlig nass geschwitzt lassen wir uns fallen und liegen einen Moment schwer atmend und bewegungsunfähig auf dem Tisch.

Dann nehme ich die Augenbinde ab und staune nicht schlecht, als ich sehe, dass ich mich geirrt habe.

Marc war vorne und Alex hinten, aber das spielt auch nun auch keine Rolle mehr.

Es war das geilste Erlebnis, dass ich je hatte und ich hoffe, dass wir drei uns bald wieder zum Billard spielen verabreden.

Eines aber kann ich mir nicht verkneifen: „ Für zwei Schwule kommt ihr mit einer Frau aber ganz schön auf Touren!“

Marc reißt die Augen auf: „Wie kommst Du darauf, dass wir schwul sind?“ und auch Alex starrt mich an: „Schwul?“

„Seid ihr nicht?“

„Nein, natürlich nicht! Das müsstest Du doch gerade gemerkt haben.“

Und dann fällt es mir ein: Sophia hatte mir erzählt, dass die beiden schwul sind, weil ich sonst nicht mit zwei Männern in eine Wohnung gezogen wäre und natürlich habe ich die beiden beim Einzug nicht gefragt, ob sie schwul sind. Ich bin einfach davon ausgegangen, dass sie es sind.

Na warte, die kann etwas erleben! Obwohl - eigentlich müsste ich ihr danken!

Also sage ich jetzt ganz offiziell:

Danke Sophia!

17670104R00058

Printed in Poland
by Amazon Fulfillment
Poland Sp. z o.o., Wrocław